星《ほし》のカービィ

スターアライズ 宇宙《うちゅう》の大《だい》ピンチ!?編《へん》

高瀬美恵《たかせみえ》・作
刈野《かりの》タウ・ぽと・絵

角川つばさ文庫

もくじ

ワドルディレポート隊《たい》の大《だい》ニュース!!

こんにちは、
ワドルディレポート隊《たい》ですっ！
ちょっと前《まえ》に起《お》きた、プププランドの
異変《いへん》について、ぼくたちがレポートしますっ！

ある日《ひ》とつぜん、空《そら》から
むらさき色《いろ》のハートの
かけらが降《ふ》ってきました。

ジャマハートと呼《よ》ばれる
このかけらは、みんなを
凶暴《きょうぼう》にしてしまうのです。

デデデ大王様《だいおうさま》も凶暴《きょうぼう》になってしまいました！

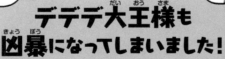

そのとき、プププランドを救《すく》うため
カービィとワドルディが
立《た》ち上《あ》がったのです！

おそるべき強敵《きょうてき》・三《さん》魔《ま》官《かん》を
倒《たお》し、プププランドに
平和《へいわ》が戻《もど》りました。

めでたし、
めでたし！

くわしくは「スターアライズ
フレンズ大冒険《だいぼうけん》！編《へん》」を見《み》てね！

プルルルル…

……あれ？　戦艦《せんかん》ハルバードから通信《つうしん》が入《はい》ってきたぞ。

もしもーし、あっ、
バル艦長《かんちょう》ですか？　こんにちは！
はいっ、大王様《だいおうさま》はお城《しろ》のテラスで
ひなたぼっこ中《ちゅう》です！　ただいまおつなぎ
しますので、少々《しょうしょう》お待《ま》ちくださいっ！

← さあ、大王様《だいおうさま》にお知《し》らせしなくっちゃ！

キャラクター紹介《しょうかい》

カービィ

食《く》いしんぼうで元気《げんき》いっぱい。吸《す》いこんだ相手《あいて》の能力《のうりょく》をコピーして使《つか》える。

ワドルディ

デデデ大王《だいおう》の部下《ぶか》でカービィの友《とも》だち。

ジャハルビート

三魔官《さんまかん》の部下《ぶか》だったが、カービィの友《とも》だちになった。

デデデ大王《だいおう》

自分勝手《じぶんかって》でわがままな、自称《じしょう》プププランドの王様《おうさま》。

メタナイト

常《つね》に仮面《かめん》をつけていて、すべてが謎《なぞ》につつまれた剣士《けんし》。

三魔官《さんまかん》

ハイネス

三魔官《さんまかん》をしたがえる魔神官《ましんかん》。

フラン・キッス

氷華《ひょうか》の三魔官《さんまかん》。水《みず》と氷《こおり》をあやつる。

ザン・パルルティザーヌ

雷牙《らいが》の三魔官《さんまかん》。強力《きょうりょく》な雷《かみなり》で攻撃《こうげき》する。

フラン・ルージュ

業火《ごうか》の三魔官《さんまかん》。炎《ほのお》のわざを使《つか》う。

1 いきなり大事件《だいじけん》！

「まったく……たいくつだわい……」

デデデ大王《だいおう》は、城《しろ》のテラスに置《お》いたデッキチェアに寝《ね》そべり、あくびまじりに言《い》った。

青《あお》いバンダナをまいたワドルディが、にっこり笑《わら》って言《い》った。

「たいくつなくらい平和《へいわ》なのは、いいことじゃないですか。また、むらさき色《いろ》の雲《くも》があらわれたら、困《こま》ります」

「むぅ……あんな雲《くも》くらい、今度《こんど》こそオレ様《さま》がぶっ飛《と》ばしてやるんだがな」

デデデ大王《だいおう》は、ふきげんそうだ。

プププランドばかりか、ポップスターじゅうに不幸《ふこう》をもたらした、むらさき色《いろ》の暗雲《あんうん》。

カービィたちの活躍《かつやく》で、敵《てき》を追《お》いはらうことはできたが、デデデ大王《だいおう》にしてみれば、自《じ》分《ぶん》のかつやくがまったくなかったことが不満《ふまん》なのだ。

「あーあ、つまらんわい……何《なに》か事件《じけん》はないのか、ワドルディ。オレ様《さま》のこころを熱《あつ》く燃《も》え上《あ》がらせる、デリシャスでデンジャラスでデラックスな事件《じけん》は……」

そこへ。

「大王様《だいおうさま》ー！」

「大王様《だいおうさま》、たいへんですー！」

叫《さけ》びながら、ワドルディたちがわらわらと駆《か》けよってきた。

デデデ大王《だいおう》は目《め》をかがやかせ、ガバッと身《み》を起《お》こした。

「お!?　きたか！」

「はい、きましたー！」

「なんだ！　どんな事件《じけん》が起《お》きたというんだ!?」

「通信《つうしん》ですー！」

ワドルディたちは、張《は》り切《き》って報告《ほうこく》した。

デデデ大王《だいおう》は、急《きゅう》にどんよりした顔《かお》になって、聞《き》き返《かえ》した。

「……なんだと？　通信《つうしん》？」

「はいっ！　戦艦《せんかん》ハルバードから通信《つうしん》がきたんですー！」

「ハルバードだって……はぁ！」

デデデ大王《だいおう》は、大《おお》きなため息《いき》をついて、またデッキチェアに寝《ね》そべってしまった。

「メタナイトか！　つまらんわい。オレ様《さま》はいないと言《い》っておけ」

「えっ、ダメです、大王様《だいおうさま》。もう、いるって言《い》っちゃいました！」

「大王様《だいおうさま》はお城《しろ》のテラスでひなたぼっこ中《ちゅう》だって、言《い》っちゃいました！」

デデデ大王《だいおう》はふきげんそうに起《お》き上《あ》がり、ワドルディたちをにらみつけた。

「まったく、使《つか》えんヤツらだわい……」

「ごめんなさい、大王様《だいおうさま》！」

「ただいま、通信装置《つうしんそうち》をお持《も》ちします！」

ワドルディ隊《たい》が、小型《こがた》スクリーンを運《はこ》んできた。

そこに映《うつ》っているのは、戦艦《せんかん》ハルバードの司令官《しれいかん》、バル艦長《かんちょう》。

バル艦長《かんちょう》は、カメラ目線《めせん》でポーズを決《き》め、言《い》った。

「突然《とつぜん》の連絡《れんらく》、すまんな。デデデ大王《だいおう》」

「なんの用《よう》だ」

デデデ大王《だいおう》は、おさらに盛《も》られたフルーツをつまみながら、めんどうくさそうにたずねた。

「メタナイト様《さま》からのご命令《めいれい》でな。カービィを呼《よ》び出《だ》してほしいのだ」

「……なに？」

「カービィに、急《いそ》ぎの用事《ようじ》があるのだ」

デデデ大王《だいおう》は、怒《いか》りを爆発《ばくはつ》させた。

「ならば、直接《ちょくせつ》カービィに言《い》えばいいだろう！　なぜ、オレ様《さま》のところへ……」

「カービィは通信機器《つうしんきき》を持《も》っておらんじゃないか。まったく、不便《ふべん》なことだ。携帯電話《けいたいでんわ》ぐらい持《も》ってくれればいいのだが」

「知《し》らんわい！」

「むずかしいことではなかろう。部下《ぶか》に命《めい》じて、ひとっぱしり……」

「ことわる！」

デデデ大王《だいおう》は、通信《つうしん》をたたき切《き》ってしまった。

「メタナイトめ、ずうずうしい頼《たの》みごとを！　カービィに用《よう》があるなら、自分《じぶん》でプププランドにくればいいだろうが！」

「あの、大王様《だいおうさま》……」

バンダナワドルディが、おそるおそる言《い》った。

「メタナイト様《さま》があんな頼《たの》みごとをしてくるなんて、よほどのことじゃないでしょうか」

「なんだと？」

「一刻《いっこく》も早《はや》くカービィに知《し》らせなきゃいけない、せっぱつまった用件《ようけん》じゃないかと思《おも》うんです……」

「だったらなんだ」

デデデ大王《だいおう》は、またデッキチェアに寝《ね》そべった。

「オレ様《さま》の知《し》ったことではないわい」

「でも……気《き》になります。ぼく、カービィを呼《よ》んできましょうか……？」

「ならん！」

デデデ大王《だいおう》は、きびしく言《い》った。

「おまえは、オレ様《さま》の部下《ぶか》なんだからな。メタナイトなんぞのために働《はたら》くんじゃないぞ」

「は、はい……」

バンダナワドルディは、しかたなくうなずいた。

けれど、やはり気《き》にかかる。

あのメタナイトが、つまらないことでカービィを呼《よ》び出《だ》そうとするとは思《おも》えない。ほうっておいたら、たいへんなことになるかもしれない。

「あの、大王様《だいおうさま》。ぼく、おやつのおかわりを持《も》ってきますね」

バンダナワドルディはそう言《い》いおいて、その場《ば》をはなれた。

そして、物《もの》かげでこっそり、ひまそうにしているワドルディに声《こえ》をかけた。

「ねえ、きみ。頼《たの》みがあるんだけど」

「え？　なあに？」

バンダナワドルディはバンダナをはずし、ひまそうなワドルディに渡《わた》した。

「しばらくの間《あいだ》、これを頭《あたま》に巻《ま》いて、ぼくのふりをしていてくれないかな」

「え⁉」

ひまそうなワドルディは、目《め》をまるくした。

「ぼくが、バンダナワドルディのふり……？」

「うん。ぼく、ちょっと用事《ようじ》があって、出《で》かけたいんだ。でも、大王様《だいおうさま》にはないしょにしたいんだよ。だから、ぼくのかわりになってほしいんだ」

「ぼくがバンダナワドルディに……やったぁ！」

ひまそうなワドルディは、大《おお》よろこびで飛《と》びはねた。

「あこがれてたんだよ、このバンダナ。かっこいいもんね」

「じゃ、頼《たの》むね」

「まかせて！」

ひまそうなワドルディはバンダナを巻《ま》いて、キリッとした表情《ひょうじょう》になった。

バンダナをはずしたワドルディは、駆《か》け足《あし》でデデ城《じょう》を出《で》て行《い》った。


カービィは、いつものように、すずしい木《こ》かげで昼寝《ひるね》をしていた。

しあわせそうに口《くち》をひらいて、テレッとよだれをたらしているのも、いつものとおり。

山盛《やまも》りのごちそうの夢《ゆめ》をみているのだ。

「おーい、カービィ！」

ワドルディが、大声《おおごえ》で叫《さけ》びながら、丘《おか》の小道《こみち》を駆《か》け上《あ》がってきた。

カービィは、目《め》をこすりながら起《お》き上《あ》がった。

「んん……？　あ、ワドルディ。ぼくね、チョコレートケーキおかわり……」

「しっかりして、カービィ」

ワドルディは、寝《ね》ぼけているカービィの手《て》を引《ひ》っぱった。

「あのね、メタナイト様《さま》から連絡《れんらく》があったんだ」

「……え？」

「カービィに、急《いそ》ぎの用事《ようじ》があるみたいなんだよ」

「急《いそ》ぎの……？　なんだろう？」

「それはわからないけど、メタナイト様《さま》がカービィに会《あ》いたがるなんて、よほどのことだと思《おも》うんだ。カービィの助《たす》けがほしいのかもしれない」

「ぼくの……助《たす》け……？　急《いそ》ぎの……？」

寝《ね》ぼけまなこだったカービィは、パチッと目《め》を見開《みひら》いた。

「ひょ、ひょっとして、メタナイトは……！」

「え、何《なに》？　何《なに》か思《おも》い当《あ》たることがあるの？」

「まちがえて、ピザをたくさん注文《ちゅうもん》しすぎちゃったんじゃないかな!?　それで、食《た》べるのを手伝《てつだ》ってほしいんだよ！」

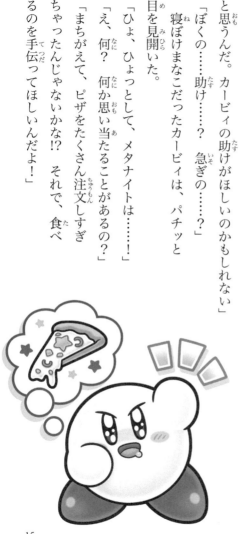

カービィは、真剣《しんけん》そのもの。

ワドルディは、がっくりとうなだれた。

「……ちがうと思《おも》うな、たぶん」

「え？　あ、そうか、ピザよりも、もっと急《いそ》がなきゃいけないものだね。わかった、アイスクリームだ！」

「……うーん……」

「早《はや》く行《い》かなくちゃ、アイスクリームがとけちゃう！　メタナイトが、ぼくの助《たす》けを待《ま》ってるんだ！」

カービィは飛《と》び上《あ》がり、全速力《ぜんそくりょく》で走《はし》り出《だ》した。

「待《ま》ってよ、カービィ！」

ワドルディも、急《いそ》いで追《お》いかける。

二人《ふたり》が、丘《おか》を駆《か》け下《お》りた時《とき》だった。

「カービィ！　おーい、カービィ！」

どなり声《ごえ》が聞《き》こえてきた。

カービィは足《あし》を止《と》めた。手《て》を振《ふ》って走《はし》ってくるのは、バーニンレオだった。

バーニンレオは、プププランドの住民《じゅうみん》。はげしく燃《も》え上《あ》がる炎《ほのお》のたてがみがじまんの、いたずら者《もの》だ。

「よかった……おまえを探《さが》してたんだぜ！」

ずいぶん走《はし》り回《まわ》っていたらしい。バーニンレオは、ゼイゼイと息《いき》を切《き》らして言《い》った。

カービィはたずねた。

「どうしたの？　バーニンレオも、アイスクリームを買《か》いすぎちゃったの……？」

「なにぃ？　バカ言《い》うな、オレはアイスクリームなんて大《だい》きらいだぜ！　おやつはやっぱり、燃《も》えるようにあつあつのあげまんじゅうとか……じゃなくて！」

バーニンレオは、だんっと地面《じめん》を踏《ふ》み鳴《な》らした。

「大事件《だいじけん》が起《お》きたんだ！」

「大事件《だいじけん》って？」

「ジャハルビートが、さらわれちゃったんだよ！」

「……え!?」

カービィもワドルディも、びっくりした。

ワドルディが、あせってたずねた。

「どういうこと!?　だれに、さらわれたの……?」

「知《し》らねえヤツさ。おとなしそうな顔《かお》してるくせに、めちゃくちゃ強《つよ》いんだ！　青《あお》い髪《かみ》で、大《おお》きなぼうしをかぶってて、氷《こおり》のオノを振《ふ》り回《まわ》してた」

カービィとワドルディは、同時《どうじ》に叫《さけ》んだ。

「フラン・キッスだ！」

「知《し》ってるのかよ、おまえら」

「うん！」

カービィとワドルディは、顔《かお》を見合《みあ》わせた。

「どうして、あいつがプププランドに……!?」

「とにかく、くわしいことを聞《き》かせてよ、バーニンレオ」

バーニンレオはうなずき、話《はな》し始《はじ》めた。

カービィたちに助《たす》けられ、プププランドにやって来《き》たジャハルビート。

最初《さいしょ》のうちは、なれない世界《せかい》にとまどっているようだったが、少《すこ》しずつプププランドになじんできた。

住民《じゅうみん》たちとも仲《なか》よくなり、とりわけバーニンレオとは、いっしょに遊《あそ》ぶことが多《おお》かった。

今日《きょう》も、二人《ふたり》は遊《あそ》びに出《で》かけ、広《ひろ》い原《はら》っぱを走《はし》り回《まわ》っていたのだという。

そこへ、あらわれたのだ。氷華《ひょうか》の三魔官《さんまかん》フラン・キッスが。その姿《すがた》を見《み》たとたん、ジャハルビートはこおりついたように立《た》ちすくみ、動《うご》けなくなってしまった。

フラン・キッスは何《なに》も言《い》わずに、一方的《いっぽうてき》に攻撃《こうげき》をしかけてきた。

バーニンレオは必死《ひっし》に戦《たたか》ったが、敵《てき》は強《つよ》すぎた。

どうすることもできず、ぼうぜんとするバーニンレオの目《め》の前《まえ》で、ジャハルビートは連《つ》れ去《さ》られてしまった……。


話《はなし》を聞《き》き終《お》えて、カービィは言《い》った。

「フラン・キッスは、ジャハルビートを連《つ》れ戻《もど》しに来《き》たんだね。また、自分《じぶん》の部下《ぶか》にするつもりなのかな」

「……そうじゃないと思《おも》う」

ワドルディは、せっぱつまった表情《ひょうじょう》で言《い》った。

「三魔官《さんまかん》たちは、部下《ぶか》のことなんて、使《つか》い捨《す》ての道具《どうぐ》ぐらいにしか思《おも》ってないよ。なのに、わざわざ連《つ》れ戻《もど》しに来《き》たってことは……」

ワドルディは、空《そら》を見上《みあ》げた。

「うらぎり者《もの》に、バツを与《あた》える気《き》なんだ」

「バツ……」

「うん。助《たす》けに行《い》かなきゃ、ジャハルビートがあぶない」

カービィは、迷《まよ》わずうなずいた。

「わかった、行《い》こう。フラン・キッスを追《お》いかけよう！」

「オレも行《い》くぜ！」

バーニンレオが言《い》った。

「友《とも》だちのピンチを、だまって見《み》てるわけにはいかねえからな。連《つ》れてってくれ、カービィ！」

「うん、いっしょに行《い》こう！」

ワドルディが言《い》った。

「ぼくも行《い》くよ。その前《まえ》に、お城《しろ》に戻《もど》って、デデデ大王様《だいおうさま》にお許《ゆる》しをもらってこなきゃ
……」

「大王《だいおう》には言《い》わないほうがいいぜ、ワドルディ」

バーニンレオが反対《はんたい》した。

「デデデ大王《だいおう》は、ひねくれてるからな。おまえがカービィといっしょに旅立《たびだ》ちたいなんて

言《い》ったら、カンカンになるに決《き》まってる」

「そんなことないよ。むらさき色《いろ》の雲《くも》があらわれた時《とき》は、大王様《だいおうさま》のかわりに戦《たたか》って来《こ》いって、ぼくをはげまして、送《おく》り出《だ》してくれたんだ」

「それは、デデデ大王《だいおう》がおなかをこわして寝《ね》こんでたからだって、ポピーブラザーズJr.《ジュニア》から聞《き》いたぜ」

「そうだけど……」

二人《ふたり》が話《はな》している間《あいだ》に、カービィは片手《かたて》を上《あ》げて叫《さけ》んでいた。

「来《き》て、ワープスター！」

その声《こえ》にこたえて、空《そら》のかなたに小《ちい》さな星《ほし》があらわれた。

黄色《きいろ》い光《ひかり》を放《はな》つ、美《うつく》しい星《ほし》だ。それは、猛《もう》スピードで地上《ちじょう》に近《ちか》づいてきて、カービィたちの目《め》の前《まえ》にふわりと着陸《ちゃくりく》した。

カービィの乗《の》り物《もの》、ワープスター。ふだんは、だれの目《め》にもつかない場所《ばしょ》でねむっているけれど、カービィが呼《よ》べば、すぐに飛《と》んでくる。

カービィは、すばやくワープスターに乗《の》りこんだ。バーニンレオも、カービィの後《うし》ろに座《すわ》った。

「行《い》こうよ、ワドルディ！」

カービィが声《こえ》をかけたが、ワドルディは困《こま》り顔《がお》で言《い》った。

「だけど、勝手《かって》に出《で》かけたりしたら、大王様《だいおうさま》が……」

短気《たんき》なバーニンレオが、イライラした顔《かお》でどなった。

「なら、おまえは居残《いのこ》りだな！　あばよ、ワドルディ！」

「ま、待《ま》って！　行《い》くよ、ぼくも行《い》く！」

ワドルディはあわてて、ワープスターに飛《と》び乗《の》った。

デデデ大王《だいおう》の怒《いか》りは恐《おそ》ろしいけれど、だからと言《い》って、ここに残《のこ》るわけにはいかない。

ワドルディは、だれよりも、カービィの力《ちから》になりたかった。

「しゅっぱーつ！」

カービィは力強《ちからづよ》く叫《さけ》んだ。

三人《にん》を乗《の》せたワープスターは、ぐんぐん高度《こうど》を上《あ》げ、プププランドを飛《と》び出《だ》していった。

2 宇宙《うちゅう》を大《だい》そうさく！

宇宙船《うちゅうせん》の窓《まど》から見《み》えるポップスターは、どんどん小《ちい》さくなっていく。

それを見《み》つめながら、フラン・キッスは、いまいましそうにつぶやいた。

「もう二度《にど》と、近《ちか》づきたくありませんわ。あんな暑《あつ》っ苦《くる》しい星《ほし》なんて」

彼女《かのじょ》の足《あし》もとには、しばり上《あ》げられたジャハルビートが転《ころ》がっている。

フラン・キッスは、氷《こおり》のような目《め》でジャハルビートを見下《みお》ろした。

「おまえといっしょにいた、火《ひ》の玉《たま》ぼうや。アイツのせいで、溶《と》けてしまいそうなほど苦《くる》しかったですわ」

フラン・キッスは、暑《あつ》いのが苦手《にがて》。

バーニンレオとの一戦《いっせん》は、彼女《かのじょ》にとっては、本気《ほんき》を出《だ》すまでもなく楽勝《らくしょう》だった。けれど、彼《かれ》がまとう炎《ほのお》のせいで、すっかり、ごきげんななめになってしまったのだった。

「ふゆかいですわ。気分直《きぶんなお》しのために、すずしい場所《ばしょ》で休《やす》まなくては……」

「フ、フラン・キッス様《さま》……」

ジャハルビートは、ぶるぶるふるえながら言《い》った。

「なぜですか。なぜ、ボクを連《つ》れ戻《もど》しに……？」

「なぜ、ですって？　知《し》れたことですわ」

フラン・キッスは、髪《かみ》をかき上《あ》げた。

「うらぎり者《もの》を許《ゆる》してはならないと、あの方《かた》がおっしゃったからです！」

「あ、あの方《かた》が……」

ジャハルビートは、恐《おそ》ろしさのあまり、気《き》を失《うしな》いそうになった。

フラン・キッスは、きびしい声《こえ》で続《つづ》けた。

「ザン・パルルティザーヌ様《さま》は、おまえやずんぐりピンクをほうむり去《さ》るため、暗黒要塞《あんこくようさい》ジャマハルダを破壊《はかい》しました。けれど、おまえたちのさいごを見届《みとど》けることなく、脱出《だっしゅつ》してしまったのです。急《いそ》いでいたとはいえ、つうこんのミスですわ。そのことをご報告《ほうこく》すると、あの方《かた》は激《はげ》しくお怒《いか》りになって……」

フラン・キッスは、ぶるっと身《み》ぶるいをした。

「おまえがジャマハルダとともにこっぱみじんになったかどうか、確《たし》かめろとお命《めい》じになったのですわ。万《まん》が一《いち》、おまえが逃《に》げのびていたなら、ぜったいに許《ゆる》してはならない、連《つ》れ戻《もど》せとのご命令《めいれい》でした。そこで、われら三魔官《さんまかん》はジャンケン……い、いえ、会議《かいぎ》をして、ワタクシがその役《やく》を果《は》たすことになったのですわ」

「な、なぜ……？　ボクなんか、ただの兵士《へいし》なのに……」

「もちろんです」

フラン・キッスは、腹立《はらだ》たしげに首《くび》を振《ふ》った。

「おまえの身《み》など、どうなろうとかまいませんわ。けれど、万《まん》が一《いち》、おまえの口《くち》からわれわれのヒミツがもれたら、たいへんなことになります」

「そ、そんな！」

ジャハルビートは必死《ひっし》に声《こえ》を上《あ》げた。

「ボクは、たいせつなヒミツなんて一つも知《し》りません。カービィたちに話《はな》せることなんて、何《なに》も……！」

「おだまりなさい」

フラン・キッスは、冷《ひ》ややかにジャハルビートをさえぎった。

「言《い》いたいことがあるなら、あの方《かた》の前《まえ》で話《はな》すことですわね。ワタクシの任務《にんむ》は、おまえをあの方《かた》のもとに連《つ》れてゆくことだけですわ」

フラン・キッスは、静《しず》かに部屋《へや》を出《で》て行《い》った。

残《のこ》されたジャハルビートは、ギュッと目《め》を閉《と》じた。

これから待《ま》ち受《う》けているバツの重《おも》さを想像《そうぞう》すると、ふるえが止《と》まらなかった。


カービィたちを乗《の》せたワープスターは、流《なが》れ星《ぼし》のようにかがやきながら、宇宙空間《うちゅうくうかん》を突《つ》き進《すす》んでいく。

バーニンレオがたずねた。

「なあ、カービィ。あと、どのくらいだ？」

「え？　何《なに》が？」

「何《なに》が、じゃねえよ。敵《てき》のいる場所《ばしょ》まで、あとどのくらいあるんだよ？」

「わかんない」

カービィは、あっけらかんと答《こた》えた。

バーニンレオは、ぎょっとして聞《き》き返《かえ》した。

「え!? わかんないって、どういうことだよ。お、おまえ、ひょっとして……」

「そういえば、考《かんが》えてなかった。フラン・キッス、どこにいるのかなあ」

「なにぃ――!?」

バーニンレオは、ワープスターから転《ころ》げ落《お》ちそうになりながら叫《さけ》んだ。

「おまえ、ジャハルビートを連《つ》れ去《さ》った敵《てき》のこと、知《し》ってるんじゃなかったのかよ!?」

「名前《なまえ》は知《し》ってるけど、居場所《いばしょ》は知《し》らないよ」

「ええ――!? ワドルディ！ おまえは!?」

「ぼくも、知《し》らないんだ」

「じゃ、オレたちはどこに向《む》かって飛《と》んでるんだよ――!?」

「さあ……」

カービィは考《かんが》えこんだ。

「とにかく急《いそ》がなきゃと思《おも》って飛《と》び出《だ》してきたけど、どこに向《む》かえばいいのか、考《かんが》えてなかったよ。どうしよう」

「どうしよう、じゃねーよ！　宇宙《うちゅう》は広《ひろ》いんだぞ。手《て》がかりもないのに、どうやってジャハルビートを探《さが》すんだよ！」

「うーん、わかんない」

カービィは、あせった様子《ようす》もなく言《い》った。

「とにかく、どこかの星《ほし》に下《お》りてみよう」

「どこかって、どこだよ！」

「あそこに、小《ちい》さな星《ほし》があるよ。何《なに》か、手《て》がかりがあるかも」

「そんなに都合《つごう》よく手《て》がかりが転《ころ》がってるかよ――！」

バーニンレオはわめき散《ち》らしたが、カービィはどこ吹《ふ》く風《かぜ》。

目《め》の前《まえ》の小惑星《しょうわくせい》に、ワープスターを着陸《ちゃくりく》させた。

大地《だいち》は、たそがれ色《いろ》にそまっていた。

プププランドでは見《み》たこともないような大木《たいぼく》が地面《じめん》に根《ね》を張《は》り、四方八方《しほうはっぽう》に枝《えだ》を広《ひろ》げている。

ワープスターから飛《と》び下《お》りたカービィは、てきとうな方向《ほうこう》に歩《ある》き出《だ》した。

後《あと》に続《つづ》くバーニンレオは、不安《ふあん》のあまり、じまんの炎《ほのお》が消《き》えそうになっている。

「おい……どこだよ、ここは……」

「さあ。どこだろう」

「おまえさぁ……ほんとに、ジャハルビートを助《たす》ける気《き》があるのかよ！」

「あるよ！」

自信《じしん》たっぷりに、カービィはうなずいた。

ワドルディが言《い》った。

「この星《ほし》の住民《じゅうみん》に、たずねてみたらどうかな。ひょっとしたら、フラン・キッスとジャハルビートを見《み》かけたヤツがいるかもしれないし」

「そんな都合《つごう》のいいことがあるかよ！」

バーニンレオが、ふてくされてどなった時《とき》だった。

「……うるさいぞ、こぞうども」

しゃがれた声《こえ》がひびいた。

バーニンレオはびっくりして飛《と》び上《あ》がり、あたりを見回《みまわ》した。

「だ、だれだ!?」

「ひとにたずねる前《まえ》に、自分《じぶん》から名乗《なの》れ。礼儀《れいぎ》を知《し》らんこぞうだわい」

声《こえ》はするが、姿《すがた》は見《み》えない。カービィもワドルディも、きょろきょろした。

バーニンレオは、身《み》がまえながら叫《さけ》んだ。

「こぞうじゃねえ。オレは、バーニンレオだ！」

「フン、暑苦《あつくる》しいこぞうめ。ワシのまわりで、火《ひ》を燃《も》やすんじゃない」

「なんだと……？」

そのとき、ワドルディが気《き》づいて叫《さけ》んだ。

「木《き》だ！　この木《き》がしゃべってるんだよ！」

ワドルディの言《い》うとおり。

よく見《み》れば、目《め》の前《まえ》の大木《たいぼく》のみきに、目《め》と鼻《はな》がついている。桜《さくら》の葉《は》のようなまゆげと、りっぱなひげまではえていた。

カービィが言《い》った。

「わあ、ほんとだ。ウィスピーウッズみたい……だけど、ウィスピーウッズよりも、ずっとお年《とし》よりだね」

ウィスピーウッズは、カービィたちもよく知《し》っている、プププランドの住民《じゅうみん》。目《め》と鼻《はな》のついた樹木《じゅもく》の姿《すがた》をしており、怒《おこ》るとリンゴを飛《と》ばして攻撃《こうげき》してくることもある。

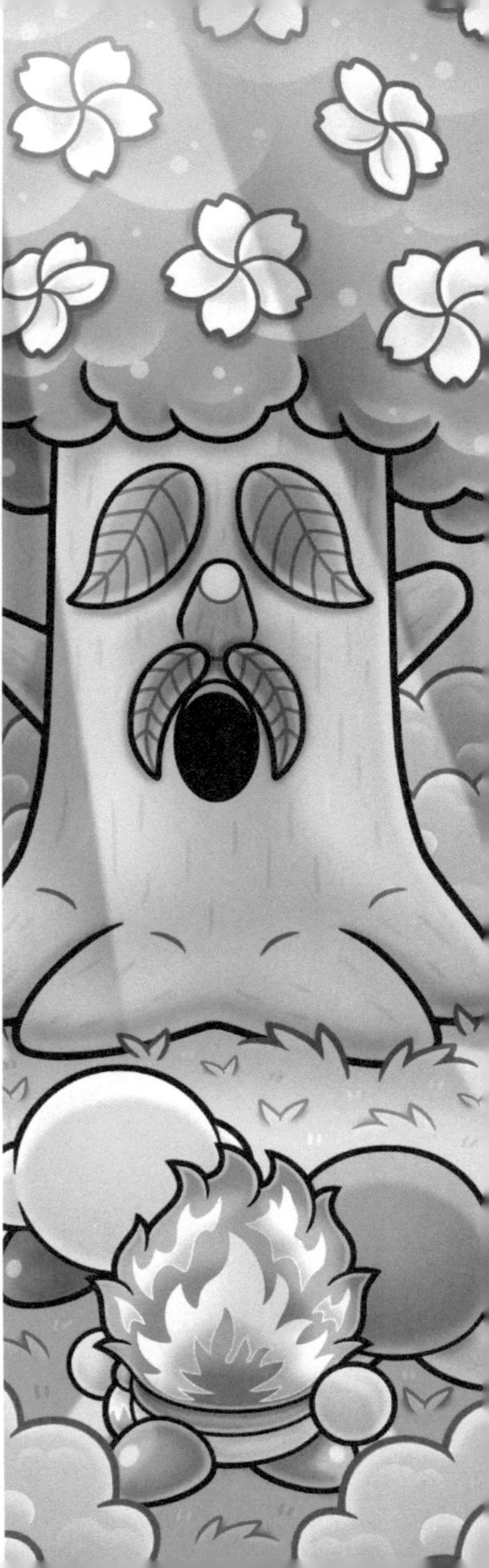

今《いま》、カービィたちに話《はな》しかけている桜《さくら》の老木《ろうぼく》は、ウィスピーウッズよりも大《おお》きく、葉《は》もふさふさしていて、いげんがあった。

カービィは、老木《ろうぼく》を見上《みあ》げて言《い》った。

「こんにちは！　ぼく、カービィ！」

「フン……ワシは、ユグドラルウッズだ」

「はじめまして、ユグどら焼《や》きウッズ。ぼくら、聞《き》きたいことがあるんだけど」

「なんだ、ピンクのこぞう」

「この星《ほし》に、フラン・キッスが来《こ》なかった？」

ユグドラルウッズは、まゆをピクッと上《あ》げた。

ワドルディが付《つ》け加《くわ》えた。

「青《あお》い髪《かみ》をしていて、氷《こおり》のオノを振《ふ》り回《まわ》すんです。三魔官《さんまかん》っていう三人組《にんぐみ》の一人《ひとり》で……」

「三魔官《さんまかん》！　こぞうども、あの連中《れんちゅう》の仲間《なかま》なのか！」

ユグドラルウッズは、怒《いか》りをこめて叫《さけ》んだ。

誤解《ごかい》されていることに気《き》づいて、ワドルディがあわてて説明《せつめい》しようとしたが、ユグドラルウッズは聞《き》こうとしない。

「また、この星《ほし》の民《たみ》を苦《くる》しめる気《き》なのか！　許《ゆる》さんぞ！」

「ち、ちがいます。ぼくら、フラン・キッスにさらわれた友《とも》だちを……」

「立《た》ち去《さ》れ！　この小惑星《しょうわくせい》フォルナを、きさまらの好《す》きにはさせん！」

ユグドラルウッズは怒《いか》りくるって、みきをゆすった。

バラバラと、何《なに》かが落《お》ちてきた。

四枚《まい》の刃《やいば》をぎらつかせた、黒《くろ》くてまるい生《い》き物《もの》だ。

悪意《あくい》のこもった四枚刃《まいば》が、カービィたちに降《ふ》り注《そそ》ぐ。

「いてて！　やめて、痛《いた》いよ！」

「ファッファッファ！　行《い》け、ブレドー！　不届《ふとど》き者《もの》どもをやっつけるのだ！」

ユグドラルウッズは大笑《おおわら》いしながら、四枚刃《まいば》の生《い》き物《もの》——ブレドーを次々《つぎつぎ》に落《お》としてくる。

「痛《いた》い！　痛《いた》いってば！」

カービィたちは、頭《あたま》をかかえて逃《に》げ回《まわ》った。

すっぴんのカービィは、敵《てき》を攻撃《こうげき》することも、身《み》を守《まも》ることすらもできない。

ワドルディは、泣《な》きそうになった。

「せめて、パラソルを持《も》ってくればよかった！　このままじゃ、ぼくら……！」

「へんっ、戦《たたか》えるのはオレだけか！　ここは、まかせとけ！」

勇《いさ》ましい声《こえ》を上《あ》げたのは、バーニンレオ。

消《き》えかけていた炎《ほのお》のたてがみが、ボォッとはげしく燃《も》え上《あ》がる。

「ええい！　オレの炎《ほのお》で、焼《や》きはらってやるぜぇぇぇ！」

バーニンレオは、すばしっこくブレドーをよけながら、ユグドラルウッズめがけて火《ひ》を吹《ふ》いた。

「うぉぉ!?　何《なに》をするんじゃああ、この乱暴者《らんぼうもの》め！」

ユグドラルウッズはうろたえ、葉《は》をゆすって火《ひ》を消《け》そうとした。

消火《しょうか》にかかりきりになったためか、ブレドーの攻撃《こうげき》がやんだ。

ワドルディが叫《さけ》んだ。

「そうか！　ユグドラルウッズは木《き》だから、火《ひ》に弱《よわ》いんだ！」

それを聞《き》いて、バーニンレオはいきおいづいた。

「なるほどな！　そういえば、オレは、ウィスピーウッズとケンカして、一回《いっかい》も負《ま》けたことがねえぜ！」

バーニンレオは調子《ちょうし》に乗《の》って、ポッポッポッと火《ひ》を吹《ふ》きまくる。

ユグドラルウッズは、降参《こうさん》するどころか、反撃《はんげき》を開始《かいし》した。

「ぬぬぬ――――！　ワシは負《ま》けんぞ、三魔官《さんまかん》の手先《てさき》どもめぇ！」

ユグドラルウッズは大声《おおごえ》で吠《ほ》えた。

ブレドーにかわって落《お》ちてきたのは、大量《たいりょう》のサクランボだった。

その量《りょう》といったら、ブレドーの数十倍《すうじゅうばい》！

「うわああ！　いてぇ！」

バーニンレオは、サクランボ弾《だん》の集中攻撃《しゅうちゅうこうげき》をあびて、ひっくり返《かえ》ってしまった。

ワドルディは叫《さけ》んだ。

「バーニンレオがやられた……！　カービィ、ここは、ひとまず逃《に》げなきゃ……！」

ところが。

カービィは、ひるむどころか、目《め》をかがやかせて舌《した》なめずり。

おどり上《あ》がって歓声《かんせい》を上《あ》げた。

「サクランボだ〜！　ぼく、大好《だいす》き！」

カービィは大《おお》きく口《くち》を開《あ》け、落《お》ちてくるサクランボを片《かた》っぱしから吸《す》いこみ始《はじ》めた。

ワドルディはあきれて、カービィの手《て》を引《ひ》っぱった。

「食《た》べてる場合《ばあい》じゃないよ！　逃《に》げなきゃ……！」

「おいしいよ！　ワドルディも食《た》べてごらんよ」

「そんな場合《ばあい》じゃないんだってば！」

「あ、金色《きんいろ》のサクランボ！」

ふつうのサクランボにまじって、一つだけ金色《きんいろ》のサクランボが落《お》ちてきた。

カービィは、大《おお》よろこび。

「とくべつなサクランボだよ〜！　きっと、とくべつな味《あじ》がするんだ！」

「カービィってば！　早《はや》く、逃《に》げないと！」

「いただきまーす！」

カービィは、うっとりと目《め》を閉《と》じて、大《おお》きく口《くち》を開《あ》けた。

大《おお》つぶの金色《きんいろ》のサクランボを、ぱくんと丸《まる》のみ！

「ん、ん、ん〜！　おいし〜い！」

目《め》をうるませ、感《かん》きわまって声《こえ》を上《あ》げたとたん。

カービィの姿《すがた》が、変化《へんか》した。

頭《あたま》に、七色《なないろ》のはねかざりのついたぼうし。

ぼうしの真《ま》ん中《なか》には、ピンク色《いろ》の星《ほし》がかがやいている。

ワドルディは、おどろいた。

「え!?　カービィの姿《すがた》が変《か》わったっていうことは……まさか、新《あたら》しいコピー能力《のうりょく》……!?」

どこからか、ドンドンパフパフ、にぎやかな音楽《おんがく》が聞《き》こえてきた。

カービィは両手《りょうて》を上《あ》げて、陽気《ようき》に叫《さけ》んだ。

「フェスティバル！　みんな、おどろう！」

「……え？」

ワドルディは、冷《ひ》や汗《あせ》たらり。

「お、おどろうって……カービィ……」

「ぼく、楽《たの》しくなってきちゃった！　ワドルディも、おどろうよ！」

カービィは、右《みぎ》に左《ひだり》に、軽《かろ》やかなステップをふんだ。

音楽《おんがく》が、ますます大《おお》きくなりひびく。リズムに合《あ》わせて、カービィはノリノリ。

金色《きんいろ》のサクランボによって得《え》られた、新《あたら》しいコピー能力《のうりょく》**「フェスティバル」**だ！

ワドルディは、やきもきして言《い》った。

「これがコピー能力《のうりょく》!?　ただ、おどるだけなんて……そんな……そんな場合《ばあい》じゃ……ない……と……思《おも》うんだ……けど……!?」

そう言《い》いながら、ワドルディもぴょんぴょんステップをふみ始《はじ》めた。

「あ、あれ!?　ど、どうして!?　音楽《おんがく》に合《あ》わせて、からだが勝手《かって》に動《うご》いちゃう！」

ひっくり返《かえ》っていたバーニンレオが起《お》き上《あ》がり、カンカンになって文句《もんく》を言《い》った。

「何《なに》やってんだよ、カービィ、ワドルディ！　オレはまじめに戦《たたか》ってるんだぜ！　おまえらも、ちょっとは協力《きょうりょく》……し……ろ……よ……っと、あれ!?」

そう言《い》いながら、バーニンレオも、思《おも》わずステップをふんでしまう。

「お……？　おっと……なんだ、これ……やべぇ……楽《たの》しいぜ！」

「わーい！　お祭《まつ》り、お祭《まつ》り～！」

「ひゃっほー！」

「きゃっはー！」

みんなでおどる、最高潮《さいこうちょう》の必殺《ひっさつ》ワザ、**フェスティバーン！**

「ドンドン！」

「パフパフ～！」

気《き》がつけば、戦《たたか》っていたはずのユグドラルウッズまで、フェスティバーンの輪《わ》に加《くわ》わっていた。

「フォ……フォッフォッ……な、なんじゃ、これは……楽《たの》しくなってきおったぞ！　オ、オー、イエイ！」

「イエイ！」

音楽《おんがく》はますますにぎやかになり、ついに、クライマックス。

「じゃじゃじゃん！」

カービィ、ワドルディ、バーニンレオは、並《なら》んでポーズを決《き》めた。

音楽《おんがく》が終《お》わると同時《どうじ》に、カービィがかぶっていたはねかざりのぼうしが消《き》えた。

ユグドラルウッズは、息《いき》をはずませて言《い》った。

「ファアアア――！　楽《たの》しかったわい。若木《わかぎ》に返《かえ》った気分《きぶん》じゃああ！」

と、そこで、ようやく思《おも》い出《だ》したらしい。

「む!?　ワシとしたことが、つい、のせられてしまった。音楽《おんがく》でワシをまどわそうという、ひれつな作戦《さくせん》だったんだな……！」

「ちがいます、話《はなし》を聞《き》いてください！」

ワドルディが声《こえ》を張《は》り上《あ》げた。

ユグドラルウッズはどなろうとしたが、今《いま》のお祭《まつ》りで息《いき》が切《き》れているため、言葉《ことば》が続《つづ》かない。

そのすきに、ワドルディは、これまでのできごとを説明《せつめい》した。

「……なんと……」

ユグドラルウッズは、ようやく、ワドルディの話《はなし》をわかってくれた。

「そうだったのか。すまんな、早《はや》とちりだったわい」

「三魔官《さんまかん》について、何《なに》か知《し》りませんか？」

「あやつらは……」

ユグドラルウッズは、葉《は》っぱのまゆをキリッとつり上《あ》げた。

「むらさき色《いろ》のハートのかけらを回収《かいしゅう》するために、この小惑星《しょうわくせい》フォルナにやって来《き》たのじゃ」

「ここにも来《き》たんですか」

「うむ。どうやら、かけらは銀河《ぎんが》じゅうに散《ち》らばっておるようだ。あやつらはそれを手《て》に入《い》れるために、この星《ほし》を荒《あ》らし回《まわ》ったのじゃ。ワシがもう少《すこ》し若《わか》ければ、あんな小娘《こむすめ》ども、ひねりつぶしてやったんじゃが」

ユグドラルウッズは怒《いか》りをこめて、言《い》った。

「逃《のが》してしまい、くちおしく思《おも》っていたのじゃ。おまえたちが三魔官《さんまかん》にひとあわ吹《ふ》かせたと聞《き》いて、スカッとしたわい。あっぱれ、あっぱれ」

「でも、友《とも》だちがさらわれてしまったんです」

ワドルディは、しょんぼりした。

ユグドラルウッズは言《い》った。

「フム……手《て》がかりになるかどうかは、わからんが」

「なんですか？」

「三魔官《さんまかん》の一人《ひとり》が話《はな》していたことを思《おも》い出《だ》したのだ。青《あお》い髪《かみ》の小娘《こむすめ》が、『この任務《にんむ》が終《お》わったら、ワタクシ、すずしい星《ほし》でひと休《やす》みしたいものですわ』などと、ぬかしておった」

「フラン・キッスだ……！」

カービィたちは、いきおいこんだ。

「すずしい星《ほし》って、どこだろう？　他《ほか》に、何《なに》か言《い》ってませんでしたか？」

「それは覚《おぼ》えておらんが、このあたりで寒冷《かんれい》の地《ち》といえば、小惑星《しょうわくせい》フューであろうな」

「フュー……」

「氷《こおり》にとざされた、極寒《ごっかん》の小惑星《しょうわくせい》じゃよ。あの小娘《こむすめ》の好《この》みそうな星《ほし》じゃ」

「ありがとうございます！」

有力《ゆうりょく》な手《て》がかりが見《み》つかって、カービィたちは張《は》り切《き》った。

ユグドラルウッズは言《い》った。

「気《き》をつけて行《い》くのだぞ。あの小娘《こむすめ》たちは手《て》ごわいが、それだけではない」

「……え？」

「あの者《もの》たちの背後《はいご》には、あやつらより、はるかに、はるかに恐《おそ》ろしい者《もの》がおるはずだ」

「……背後《はいご》？　あ、そういえば、ジャハルビートが言《い》ってたっけ。三魔官《さんまかん》は、だれかに命《めい》じられて、ハートのかけらを集《あつ》めてるって」

かすかに思《おも》い出《だ》したものの、くわしいことは、あやふやなままだ。

ユグドラルウッズは、静《しず》かに続《つづ》けた。

「これはな、年《とし》よりのカンじゃ。あの小娘《こむすめ》どもは、おのれらを支配《しはい》する者《もの》を、ひたすら信《しん》じ、命《いのち》までもささげる気《き》で戦《たたか》っておる。それほどの忠誠《ちゅうせい》を集《あつ》める黒幕《くろまく》は、小娘《こむすめ》どもよりも、はるかに強《つよ》く邪悪《じゃあく》な力《ちから》を持《も》っておるはずじゃ」

ユグドラルウッズの声《こえ》は、重《おも》かった。カービィたちは、息《いき》をのんでしまった。

バーニンレオが、いきがって言《い》った。

「た、たいしたことじゃねえよ！　黒幕《くろまく》がいるなら、そいつもまとめてぶっ飛《と》ばすだけさ！　オレとカービィで……っと」

バーニンレオは、カービィを見《み》た。

「おまえ、さっきのあの……ヘンなコピー能力《のうりょく》、どうなったんだよ？」

「ヘンって？　フェスティバルのこと？」

「おう。消《き》えちゃったのかよ？」

「そうみたい。フェスティバルは、一回《いっかい》きりのコピー能力《のうりょく》なんだね。音楽《おんがく》が終《お》わったら、消《き》えちゃった！」

「じゃ、今《いま》のおまえはすっぴんなんだな。それじゃ、困《こま》るぜ。黒幕《くろまく》と戦《たたか》うんだからな。何《なに》か、コピー能力《のうりょく》を探《さが》せよ」

「あ、そうか。うーん……」

カービィはあたりを見回《みまわ》してみたが、コピー能力《のうりょく》になりそうな物《もの》は見《み》つからない。

きょろきょろしているカービィに、ユグドラルウッズが問《と》いかけた。

「何《なに》を探《さが》しておるのだ」

「コピー能力《のうりょく》のもとだよ！」

ワドルディが説明《せつめい》した。

「カービィは、とくべつな力《ちから》を持《も》ってる相手《あいて》を吸《す》いこむと、その力《ちから》をコピーできるんです。その力《ちから》がないと、戦《たたか》えないんです」

「なるほど。そういうことなら、ワシにまかせろ」

ユグドラルウッズは、声《こえ》を張《は》り上《あ》げた。

「コモ！　コモはいるか！」

すると、近《ちか》くの草《くさ》むらでガサゴソと音《おと》がして、きみょうな生《い》き物《もの》がはい出《だ》してきた。

黄色《きいろ》くて丸《まる》い顔《かお》に、目《め》が三つ。むらさき色《いろ》のぼうしをかぶっている。

その生《い》き物《もの》は、すばしっこく近《ちか》づいてくると、ユグドラルウッズを見上《みあ》げて言《い》った。

「へい、お呼《よ》びかい、じいさん」

「じいさんではない。長老《ちょうろう》と呼《よ》べと、いつも言《い》っておるだろう」

「へいへーい」

「おまえ、今《いま》の話《はなし》を聞《き》いておっただろう」

ユグドラルウッズは、カービィたちに向《む》かって説明《せつめい》した。

「こやつは、コモ。木《き》のかげや草《くさ》むらにひそんで、聞《き》き耳《みみ》を立《た》てるのがシュミなのだ」

「おいおい、じいさん、人聞《ひとぎ》きの悪《わる》いこと言《い》うなよ。オレは耳《みみ》がいいだけだぜ」

コモは、ずるがしこそうに、三つの目《め》を順番《じゅんばん》にまたたいた。

ユグドラルウッズは、重々《おもおも》しく命《めい》じた。

「聞《き》いていたなら、話《はなし》が早《はや》い。おまえは、このカービィどののコピー能力《のうりょく》となるが良《よ》い」

「**えっ!?**」

コモは、おどろきのあまり、ひっくり返《かえ》りそうになった。

「な、何《なに》を言《い》ってるんだい。じょーだんは……」

「冗談《じょうだん》ではない。おまえには、特殊《とくしゅ》な能力《のうりょく》があるではないか。あの力《ちから》を、カービィどのに使《つか》ってもらうのだ」

「つまり、吸《す》いこまれろってことだろ？　や、やだよ！」

逃《に》げ腰《ごし》になったコモを、ユグドラルウッズはしかりつけた。

「ばかもの。おまえは、あの三魔官《さんまかん》がにくくないのか？」

「そ、そりゃ、にくいよ。あいつら、この星《ほし》をめちゃくちゃに荒《あ》らしやがって……」

「ならば、その三魔官《さんまかん》と戦《たたか》おうというカービィどのに力《ちから》を貸《か》すのは、当然《とうぜん》ではないか」

「そ、そりゃ……そうだけど……」

「しのごの言《い》わず、カービィどのの力《ちから》となるのだ！」

どなりつけられて、コモはしぶしぶ、うなずいた。

「……ちえ。わかったよ。オレだって、三魔官《さんまかん》はにくくてたまらないんだ。カービィさん、オレの力《ちから》、使《つか》ってくれよ」

「うん！　ありがとう、コモ！」

カービィは口《くち》を大《おお》きく開《あ》けて、コモを吸《す》いこんだ。

ごくんと飲《の》みこんだとたん、カービィの頭《あたま》に、コモと同《おな》じようなむらさき色《いろ》のぼうしが出現《しゅつげん》した。

ユグドラルウッズが言《い》った。

「コモの能力《のうりょく》は、『**スパイダー**』じゃ。クモの糸《いと》を使《つか》って、さまざまな攻撃《こうげき》をすることができるぞ。ためしてみてはどうじゃ」

「うん、やってみるね」

カービィは、手《て》を前《まえ》につき出《だ》してみた。手《て》の先《さき》から白《しろ》い糸《いと》が飛《と》び出《だ》し、カービィの前《まえ》にいたバーニンレオに命中《めいちゅう》した。

「おわっ!?」

バーニンレオは声《こえ》を上《あ》げたが、たちまち、白《しろ》い糸《いと》につつみこまれてしまった。

ワドルディが、あぜんとして言《い》った。

「まゆだ……バーニンレオが、まゆになっちゃった！」

カービィも、これにはびっくり。

「わあ、すごい。こんなコピー能力《のうりょく》、はじめてだよ！」

ユグドラルウッズが言《い》った。

「なかなか便利《べんり》な能力《のうりょく》じゃろう。他《ほか》にもいろいろ使《つか》い道《みち》があるから、ためしてみるが良《よ》いぞ」

「うん！」

カービィがうなずいたとき、まゆがボォッと燃《も》え上《あ》がり、中《なか》からバーニンレオが転《ころ》がり出《で》てきた。

バーニンレオは、カンカンになってカービィをどなりつけた。

「何《なに》しやがるんだ！　オレはなぁ、せまいところと暗《くら》いところが、大《だい》キライなんだぞ！」

「ごめん、ごめん。でも、**『スパイダー』**のコピー能力《のうりょく》の使《つか》い方《かた》がわかったよ」

カービィは、ユグドラルウッズに向《む》き直《なお》った。

「いろいろ、ありがとう、ユグどら焼《や》きウッズ。じゃあ、ぼくら、行《い》くね！」

「たっしゃでな」

カービィたちがワープスターに飛《と》び乗《の》り、空《そら》のかなたへと消《き》えた後《あと》で、ユグドラルウッズはしみじみとつぶやいた。

「……はて。どら焼《や》きとは、何《なん》のことじゃ……」

3 氷《こおり》の小惑星《しょうわくせい》フュー

デデデ城《じょう》は、大混乱《だいこんらん》におちいっていた。

いつも、ワドルディたちが何《なに》げなく片《かた》づけている仕事《しごと》が、とつじょ、行《い》きづまってしまったのだ。

さまざまなトラブルをかかえたワドルディたちが、リーダーのバンダナワドルディのもとへ、次々《つぎつぎ》に聞《き》きにくる。

「おせんたく用《よう》の洗剤《せんざい》が切《き》れちゃったんだけど、予備《よび》はどこにあったっけ？」

「大王様《だいおうさま》が、夕食《ゆうしょく》はハンバーグがいいって。どうやって作《つく》ればいいの？」

「おふろの水道《すいどう》がこわれちゃった！　どうしよう？」

いつもなら、バンダナワドルディがてきぱきと指示《しじ》を出《だ》して、たちどころに解決《かいけつ》してくれる。

けれど、今日《きょう》のバンダナワドルディは、なんだか様子《ようす》がおかしかった。

「え、え、えっと……ハンバーグは物置《ものおき》の棚《たな》じゃないかな……ち、ちがった、それは洗《せん》剤《ざい》！　おふろの水道《すいどう》は、ひき肉《にく》と玉《たま》ねぎと……う、ううん、それはハンバーグ！　ハンバーグの作《つく》り方《かた》は、えーと、えーと、コックカワサキに聞《き》いてきて！」

次々《つぎつぎ》にふりかかる難問《なんもん》に目《め》を白黒《しろくろ》させ、パニック状態《じょうたい》になってしまっている。

ワドルディたちは、ひそひそとウワサした。

「……どうしたんだろう、バンダナワドルディ」

「病気《びょうき》かな。様子《ようす》がヘンだよ」

「ぼくらのリーダーなのに、今日《きょう》はリーダーらしくないよね」

バンダナワドルディの異変《いへん》は、当然《とうぜん》、デデデ大王《だいおう》にも気《き》づかれていた。

大王《だいおう》は、わたわたしているバンダナワドルディをにらみ、手《て》まねきした。

「こっちへ来《こ》い、ワドルディ」

「は、は、はい！　なんでしょーか、大王様《だいおうさま》！」

「おやつが足《た》りんぞ。アイスクリームとババロアとアップルパイとプリンとシュークリームを三十人前《にんまえ》ずつ持《も》ってこい」

「は、はい！　アイスクリームとババロアと……あと……いろいろ三十人前《にんまえ》ですねっ！」

駆《か》け出《だ》そうとしたバンダナワドルディを、デデデ大王《だいおう》はつまみ上《あ》げた。

「わわわっ！　大王様《だいおうさま》、何《なに》を！」

「どうも、おかしいぞ。いつものワドルディなら、『そんなに食《た》べたらおなかをこわしちゃいます』だの『もうすぐ夕食《ゆうしょく》なので、おやつは終《お》わりです』だの、ナマイキなことを言《い》うはずだ」

「え、え、えっと、その……！」

「キサマ、ワドルディではないな？」

デデデ大王《だいおう》ににらみつけられ、ワドルディはふるえ上《あ》がった。

「ワ、ワ、ワドルディですっ！　ぼく、どこから見《み》ても、ワドルディですっ！」

「見《み》た目《め》はそうだが、態度《たいど》がおかしすぎる。さてはキサマ、ワドルディに化《ば》けたニセモノだろう。何《なに》が目的《もくてき》で、オレ様《さま》の城《しろ》に入《はい》りこんだ！」

「ち、ち、ちがいます――！」

「正直《しょうじき》に言《い》わんと、城《しろ》の外《そと》にぶん投《な》げるぞ！」

「い、言《い》います、言《い》います！　ごめんなさい、ぼく、バンダナワドルディじゃなくて、ただのワドルディなんです！」

「……なんだと？」

デデデ大王《だいおう》は、ワドルディをつまんでいた手《て》をはなした。

ワドルディは泣《な》きながら、バンダナをはずした。

「ごめんなさい……ぼく、バンダナ先輩《せんぱい》からバンダナを借《か》りてただけなんです……」

「どういうことだ。いつものワドルディはどこへ行《い》ったんだ」

「わかりません。何《なに》か用事《ようじ》があるって言《い》って、ぼくにバンダナをあずけて、出《で》かけてしまったんです……」

「なんだと！」

デデデ大王《だいおう》は、怒《いか》りの表情《ひょうじょう》になった。

「ワドルディめ……オレ様《さま》をあざむいて、遊《あそ》びに出《で》かけたのか！　まじめなヤツだと信用《しんよう》していたのに、うらぎりおって！」

「き、きっと何《なに》か理由《りゆう》があるんです。バンダナワドルディは、うらぎり者《もの》なんかじゃありません……」

「だまれっ！」

デデデ大王《だいおう》は、あらあらしい足音《あしおと》を立《た》てて歩《ある》き回《まわ》りながら、どなりちらした。

「帰《かえ》ってきたら、ただではおかんぞ！　ワドルディめ……物置《ものおき》に閉《と》じこめて、一週間《しゅうかん》、晩《ばん》メシ抜《ぬ》きのおしおきだ！」

大王《だいおう》の怒《いか》りのはげしさに、すべてのワドルディが頭《あたま》をかかえ、床《ゆか》につっぷした。

——と、そのとき。

カツカツという靴音《くつおと》が近《ちか》づいてきた。

姿《すがた》をあらわしたのは、なんと、孤高《ここう》の剣士《けんし》メタナイトだった。

メタナイトは、つっぷしているワドルディたちを見回《みまわ》して、言《い》った。

「いくら呼《よ》んでも、案内《あんない》のワドルディが出《で》てこないので、勝手《かって》に入《はい》らせてもらったぞ。久《ひさ》しぶりだな、デデデ大王《だいおう》」

「メタナイト……」

デデデ大王《だいおう》は、イヤそうな顔《かお》になり、ふんぞり返《かえ》った。

「何《なん》の用《よう》だ。オレ様《さま》は、おまえをディナーに招待《しょうたい》した覚《おぼ》えはないぞ」

「食事《しょくじ》をしに来《き》たのではない。私《わたし》の部下《ぶか》が、君《きみ》に通信《つうしん》を送《おく》っただろう。カービィを呼《よ》び出《だ》してほしいと」

「ああ、そうだったな！」

デデデ大王《だいおう》はますますふきげんになり、イスに腰《こし》を下《お》ろした。

「ずうずうしい頼《たの》みだわい。オレ様《さま》は、カービィの連絡係《れんらくがかり》じゃないぞ」

「君《きみ》が取《と》り次《つ》いでくれないので、やむをえず、

私《わたし》みずからプププランドにやって来《き》たのだが」

メタナイトは、デデデ大王《だいおう》につめよった。

「どこを探《さが》しても、カービィが見《み》つからないのだ。家《いえ》にもいないし、いつも昼寝《ひるね》している丘《おか》にもいない。コックカワサキのレストランにも」

「フン、オレ様《さま》の知《し》ったことか。温泉旅行《おんせんりょこう》にでも行《い》ったんだろう」

「至急《しきゅう》、カービィの力《ちから》が必要《ひつよう》なのだ」

「勝手《かって》に探《さが》せ！　オレ様《さま》には、なんのかかわりも……」

「君《きみ》の部下《ぶか》のワドルディなら、カービィの居場所《いばしょ》を知《し》っているかもしれん。そう思《おも》って、たずねてきたのだ」

「ワドルディだと？　あんなヤツ、もはや部下《ぶか》ではないわい！　オレ様《さま》をあざむいて、出《で》かけおって……む……むむむ？」

デデデ大王《だいおう》は、ふと気《き》づいて、真顔《まがお》になった。

「ワドルディとカービィが、そろって姿《すがた》を消《け》した、だと……？　まさか、アイツら……」

デデデ大王《だいおう》は飛《と》び上《あ》がり、思《おも》いっきり地団駄《じだんだ》をふんだ。

「いっしょに温泉旅行《おんせんりょこう》に行《い》ったということか!?　許《ゆる》さん！　オレ様《さま》にないしょで、遊《あそ》び回《まわ》りおって――！」

「……やれやれ、むだ足《あし》だったか」

デデデ大王《だいおう》からは何《なん》の情報《じょうほう》もえられないと知《し》って、メタナイトはマントをひるがえした。

極寒《ごっかん》の地《ち》、小惑星《しょうわくせい》フュー。

凍《い》てついた大地《だいち》に下《お》り立《た》ったフラン・キッスは、はればれとした顔《かお》で言《い》った。

「ウワサに聞《き》いていたとおり、なんてステキな星《ほし》なのでしょう。すべての星《ほし》は、このように冷《ひ》えきるべきですわ」

フラン・キッスは目《め》を閉《と》じ、氷点下《ひょうてんか》の空気《くうき》を胸《むね》いっぱいに吸《す》いこんで、ニコッとした。

「すがすがしい冷気《れいき》！　深《ふか》く吸《す》いこむと、からだじゅうがカチカチにこおりつきそう。最《さい》高《こう》の気分《きぶん》ですわ」

宇宙船《うちゅうせん》からはなれて歩《ある》き出《だ》そうとしたフラン・キッスだが、ふと気《き》づいて足《あし》を止《と》めた。

「そうそう、あのおろか者《もの》を、一人《ひとり》で残《のこ》しておくのはキケンですわね。宇宙船《うちゅうせん》を乗《の》っ取《と》って、逃《に》げ出《だ》すおそれがありますわ」

フラン・キッスは船内《せんない》に戻《もど》り、しばられたジャハルビートを転《ころ》がして、外《そと》に連《つ》れ出《だ》した。

「ワタクシがこの星《ほし》でひとときのバカンスを楽《たの》しむ間《あいだ》、ワタクシのそばで、静《しず》かにしていなさい。目《め》ざわりだけれど、しかたありませんわ」

ジャハルビートは口《くち》を開《ひら》く力《ちから》もなく、ぐったりして、うなずいた。


いっぽう、カービィたちを乗《の》せたワープスターは、すばらしい速度《そくど》で宇宙《うちゅう》を突《つ》っ走《ぱし》り、あっというまに小惑星《しょうわくせい》フューに到着《とうちゃく》していた。

「ついた！」

カービィはワープスターから飛《と》び下《お》り、フゥッと白《しろ》い息《いき》をはいた。

「わああ、寒《さむ》い！　チリーがよろこびそうな星《ほし》だね」

「お、おいおい……」

元気《げんき》のない声《こえ》で言《い》ったのは、バーニンレオ。うずくまって目《め》を細《ほそ》め、ガタガタふるえている。炎《ほのお》のたてがみは、今《いま》にも消《き》えてしまいそうだった。

「な、な、なんだよ、こりゃ……寒《さむ》すぎるじゃねえか……こんなところにいたら、あっというまにこごえちまう。帰《かえ》ろうぜ……」

「だけど、ここにフラン・キッスとジャハルビートがいるかもしれないんだよ。早《はや》く探《さが》しに行《い》こうよ」

「ムリだって。地面《じめん》まで、氷《こおり》におおわれてるじゃねえか。こんなところ、歩《ある》けねえよ」

「ふぅん。じゃ、バーニンレオはここで待《ま》っててね。ぼくとワドルディで、探《さが》しに行《い》ってくる」

そう言《い》って、カービィはワドルディと手《て》をつなぎ、トコトコと走《はし》り出《だ》してしまった。

バーニンレオは、大《おお》あわて。

「待《ま》てよ、カービィ！　オレをこんなところに置《お》いていくなよー！」

冷気《れいき》がようしゃなく吹《ふ》きつけてくるけれど、しかたない。

「おーい、まゆを出《だ》してくれよー！　オレ、まゆに入《はい》りたいよー！」

バーニンレオは、叫《さけ》びながら、カービィたちを追《お》いかけた。

夕方《ゆうがた》になるにつれて、気温《きおん》はますます下《さ》がり、風《かぜ》が強《つよ》くなってきた。

フラン・キッスは、すっかりくつろいで、優雅《ゆうが》なひとときをすごしていた。

「なんて気持《きも》ちのいい冷気《れいき》でしょう。まるで、冷蔵庫《れいぞうこ》の中《なか》にいるみたい。ステキな星《ほし》ですわ。ここに、ルージュさんがいればいいのに……」

少《すこ》しだけさびしくなり、フラン・キッスはため息《いき》をついた。

「いいえ、寒《さむ》がりなルージュさんには、この星《ほし》は合《あ》いませんわね。彼女《かのじょ》が好《す》きな、しゃくねつのマグマがふき出《だ》す地《ち》には、ワタクシはいられませんし……こればかりは、どうにもなりませんわ……」

くれゆく空《そら》をあおいだ時《とき》だった。

突然《とつぜん》、背後《はいご》で足音《あしおと》がした。

フラン・キッスは、ドキッとして振《ふ》り返《かえ》った。

そこにあらわれたのは――――！

「ずん、ずん、**ずんぐりピンク！**」

フラン・キッスは目《め》をうたがい、後《あと》じさった。

おどろいたのは、ずんぐり――いや、カービィたちも同《おな》じこと。

凍《こお》りついた大地《だいち》を、わきめも振《ふ》らず進《すす》んできたら、いきなり目《め》の前《まえ》に敵《てき》が出現《しゅつげん》したのだから、ムリもない。

「わあ！　フラン・キッス！」

カービィは叫《さけ》んで、飛《と》び上《あ》がった。

カービィたち三人《にん》とフラン・キッスは、一瞬《いっしゅん》、にらみ合《あ》った。

先《さき》にわれに返《かえ》ったのは、フラン・キッスのほうだった。

「……フッ。おどろきましたわ。まさか、またアナタにお会《あ》いできるなんて……」

言《い》いながら、早《はや》くも戦闘《せんとう》モードに入《はい》っている。

美《うつく》しい顔《かお》に、冷《つめ》たいほほえみを浮《う》かべて、フラン・キッスは言《い》い放《はな》った。

「さては、このおろか者《もの》を取《と》り戻《もど》しに来《き》たのですね？　そうはさせませんわ。今度《こんど》こそ、そのピンクのボディを全身凍結《ぜんしんとうけつ》して、ワタクシの……」

片手《かたて》をひと振《ふ》り。

そこに、氷《こおり》のオノがあらわれた。

「秘蔵《ひぞう》コレクションに加《くわ》えてさしあげますわ！」

フラン・キッスはオノをかまえ、カービィめがけて突進《とっしん》してきた。

「わあっ」

カービィは転《ころ》がってよけた。

ワドルディが叫《さけ》んだ。

「カービィ、まゆだよ！　フラン・キッスを、まゆでつつむんだ！」

「よぉし！」

カービィは手《て》を広《ひろ》げた。

白《しろ》い糸《いと》が、束《たば》になって飛《と》び出《だ》す。

しかし、フラン・キッスはすばやく氷《こおり》のオノを振《ふ》り下《お》ろした。

糸《いと》は冷気《れいき》にふれてこおりつき、こなごなにくだけ散《ち》ってしまった。

「わ……！」

ひるんだカービィに、バーニンレオが腹立《はらだ》たしげに言《い》った。

「なんだよ！　クモの糸《いと》なんて、ちっとも役《やく》に立《た》たないじゃねーか！」

「で、でも……」

「そんなコピー能力《のうりょく》、さっさとはずしちまえ！　そして、オレを吸《す》いこむんだ。ファイアのほうが、ぜったいに強《つよ》いんだからよっ！」

たしかに、氷《こおり》の力《ちから》をふるうフラン・キッスに対抗《たいこう》するには、ファイアのコピー能力《のうりょく》が有《ゆう》効《こう》だ。

カービィは、スパイダーのコピー能力《のうりょく》をはずそうとした。

が、そこにフラン・キッスの連続攻撃《れんぞくこうげき》が襲《おそ》いかかった。

「ハァァァ――！」

オノを振《ふ》り下《お》ろし、振《ふ》り上《あ》げ、ジャンプしてたたきつける！

「わあああ！」

カービィとバーニンレオは、悲鳴《ひめい》を上《あ》げて逃《に》げまどった。

フラン・キッスは、冷《つめ》たいほほえみを浮《う》かべて叫《さけ》んだ。

「あきらめて、ワタクシのコレクションにおなりなさい。ずんぐりピンクと火《ひ》の玉《たま》ぼうや、ステキな棚《たな》に並《なら》べて、かざってさしあげますわ！」

「じょ、冗談《じょうだん》じゃねえっ！」

逃《に》げ回《まわ》るバーニンレオに、氷《こおり》のオノがせまる。

「バーニンレオ！」

カービィは、彼《かれ》を助《たす》けようと、夢中《むちゅう》で手《て》をのばした。

と、その瞬間《しゅんかん》。

カービィの手《て》から放《はな》たれた糸《いと》は、ふくざつにからみ合《あ》い、大《おお》きなクモの巣《す》になった。

「あ、あれ？　まゆじゃなく、クモの巣《す》になっちゃった……？」

バーニンレオは、振《ふ》り下《お》ろされるオノから逃《に》げ回《まわ》りながら、血相《けっそう》を変《か》えてどなった。

「何《なに》やってんだ、カービィ！　遊《あそ》んでるんじゃねえぞ！　クモの巣《す》なんて、なんの役《やく》に立《た》つって……！」

そこへ、オノの一撃《いちげき》。

「わあああ！」

バーニンレオは、必死《ひっし》で飛《と》び上《あ》がった。

着地《ちゃくち》したのは、クモの巣《す》の上《うえ》。

とたんに、クモの巣《す》はぐーっと沈《しず》みこみ、反動《はんどう》でバーニンレオを高《たか》くはね上《あ》げた。

「どわあああああ!?」

バーニンレオは手《て》をバタバタさせながら、空高《そらたか》く飛《と》んでいった。

クモの巣《す》を使《つか》って仲間《なかま》を空中《くうちゅう》にはね上《あ》げるフレンズ能力《のうりょく》、**ボヨンガフレンズ**だ！

バーニンレオにとどめを刺《さ》そうとしていたフラン・キッスは、突然《とつぜん》ターゲットを見失《みうしな》い、目《め》をぱちぱちさせた。

「あ、あら？　火《ひ》の玉《たま》ぼうやは、どこへ消《き》えましたの？　さては、ワタクシをおそれて逃《に》げた……？」

言《い》い終《お》わる前《まえ》に、空《そら》からバーニンレオが降《ふ》ってきた。

フラン・キッスに、全身《ぜんしん》で体当《たいあ》たり！

「キャアアアアア！　あつっ！　あつっ！」

バーニンレオの炎《ほのお》を浴《あ》びて、フラン・キッスは悲鳴《ひめい》を上《あ》げた。

それを見《み》て、バーニンレオは、顔《かお》をかがやかせた。

「おっ？　オレの攻撃《こうげき》がきいてるぜ！　へへっ、もう一回《いっかい》食《く》らえ！」

クモの巣《す》に飛《と》び乗《の》って、ふたたびジャンプ！
フラン・キッスの頭上《ずじょう》に急降下《きゅうこうか》し、炎《ほのお》を吹《ふ》きつける！
「キャアアアア！　や、やめてください！　なんて、暑《あつ》っ苦《くる》しい！」
フラン・キッスは、がまんならないというように、頭《あたま》を振《ふ》った。
目《め》を丸《まる》くして見《み》ていたカービィも、クモの巣《す》に飛《と》び乗《の》ってみた。
たちまち、上空《じょうくう》に舞《ま》い上《あ》がる。
カービィは、楽《たの》しくなって笑《わら》い声《ごえ》を上《あ》げた。

「わーい！　トランポリンみたい！　これ、楽《たの》しいね！」

「遊《あそ》んでるんじゃねえぞ！　それ、もう一度《いちど》、火吹《ひふ》き攻撃《こうげき》だっ！」

バーニンレオは調子《ちょうし》に乗《の》って、フラン・キッスを狙《ねら》う。

しかし、何度《なんど》も同《おな》じ手《て》を食《く》らうフラン・キッスではない。

「その動《うご》き、見切《みき》りましたわ！」

キッと目《め》をつり上《あ》げて、氷《こおり》のオノをかまえ直《なお》した。

「それ、火吹《ひふ》き攻撃《こうげき》ィ……！」

すっかりいい気分《きぶん》になって落下《らっか》してきたバーニンレオに、痛烈《つうれつ》な一撃《いちげき》！

「食《く》らいなさい！　**グラン・フローズンジェラート！**」

手《て》にしたオノが巨大化《きょだいか》し、バーニンレオに襲《おそ》いかかった。

「ぐわわわああっ！」

バーニンレオは、氷《こおり》のオノに直撃《ちょくげき》されて、ひっくり返《かえ》った。

「バーニンレオ！　だいじょーぶ!?」

カービィはあわててクモの巣《す》から飛《と》び下《お》り、バーニンレオに駆《か》けよった。

目《め》を回《まわ》しているバーニンレオと、あたふたしているカービィ。

二人《ふたり》に、激怒《げきど》したフラン・キッスが襲《おそ》いかかった！


――バーニンレオとカービィが、フラン・キッスの注意《ちゅうい》をひきつけている間《あいだ》に。

ワドルディは、こっそり戦線《せんせん》をはなれていた。

めざすは、地面《じめん》に転《ころ》がされているジャハルビート。

ジャハルビートはしばり上《あ》げられ、目《め》を閉《と》じている。意識《いしき》がもうろうとしていて、何《なに》が起《お》きているのかわかっていないようだ。

「しっかりして、ジャハルビート」

ワドルディは、彼《かれ》をしばっているロープに手《て》をかけた。

ジャハルビートは、うっすらと目《め》を開《あ》けて、ビクッとした。

「ワ……ワドルディ……？　どうして……」

「助《たす》けに来《き》たんだよ。今《いま》、ロープをほどくね」

けれど、ロープの結《むす》び目《め》は固《かた》く、なかなかほどけない。

手《て》こずっている間《あいだ》に、フラン・キッスに気《き》づかれてしまった。

バーニンレオにとどめを刺《さ》そうとしていたフラン・キッスは、ハッとして叫《さけ》んだ。

「おろか者《もの》を取《と》り戻《もど》す気《き》ですのね？　そうはさせませんわ！」

オノを振《ふ》りかざしたフラン・キッスに、カービィが飛《と》びかかる。

「やめろ！　たぁ！」

「フフッ！　ムダですわっ！」

フラン・キッスは、氷《こおり》のオノでカービィをはじき飛《と》ばした。

ふっ飛《と》ばされたカービィは、クモの巣《す》ではね返《かえ》り、もう一度《いちど》フラン・キッスに向《む》かっていった。

「たぁぁぁ！」

「しつこいですわね――――！」

フラン・キッスとカービィが戦《たたか》っている間《あいだ》に――ジャハルビートをしばっていたロープが、やっとほどけた。

ワドルディは、大声《おおごえ》を上《あ》げた。

「カービィ！　ジャハルビートを吸《す》いこんで！」

「……え？　あ、そうか！」

カービィはワドルディの作戦《さくせん》に気《き》づき、くるんと一回転《かいてん》。

スパイダーのコピー能力《のうりょく》がはずれ、コモが転《ころ》がり出《で》てきた。

コモは目《め》をぱちぱちさせ、あたりを見回《みまわ》した。

「え、えーと……オレは、こんなとこで何《なに》を……？　あ、そうだ。カービィさんに吸《す》いこまれて、コピー能力《のうりょく》になってたんだっけ……？」

フラン・キッスは、コモになど目《め》もくれない。

「おまえたち……！　まとめて、氷《こおり》づけにしてあげますわ……！」

カービィ、ワドルディ、そしてジャハルビートめがけて、氷《こおり》のオノを振《ふ》りかざす。

そこへ。

コモが、三つの目《め》をギラギラさせて、糸《いと》をはき出《だ》した。

「やぁぁぁぁ――――！」

コモにとって、三魔官《さんまかん》は、美《うつく》しい小惑星《しょうわくせい》フォルナをめちゃくちゃに荒《あ》らし回《まわ》った敵《てき》。

今《いま》こそ、そのうらみを晴《は》らす時《とき》だ。

白《しろ》い糸《いと》の束《たば》が、フラン・キッスに襲《おそ》いかかった。

正面《しょうめん》から飛《と》んでくる糸《いと》なら、こおらせることができる。でも、コモの攻撃《こうげき》は、フラン・キッスにとって、まるっきり予想外《よそうがい》だった。

「……キャアアァ!?」

白《しろ》い糸《いと》が手足《てあし》に巻《ま》きつき、身動《みうご》きができなくなってしまった。

そのすきに、カービィは口《くち》を大《おお》きく開《あ》け、ジャハルビートを吸《す》いこんでいた。

ジャハルビートの姿《すがた》が消《き》える。

と同時《どうじ》に、カービィの頭《あたま》に、金色《きんいろ》の輪《わ》がかがやいた。手《て》にする武器《ぶき》は、細身《ほそみ》の棒《ぼう》!

スティックのコピー能力《のうりょく》だ。

ワドルディは叫《さけ》んだ。

「バーニンレオ!　カービィの棒《ぼう》に、火《ひ》を吹《ふ》きつけて!」

ひっくり返《かえ》っていたバーニンレオは、その声《こえ》を聞《き》きつけて、よろよろと立《た》ち上《あ》がった。

「な……なんだと……?」

「カービィの棒《ぼう》に、火《ひ》を！　お願《ねが》い！」

「わ、わかったぜ……」

バーニンレオは、カービィがにぎる棒《ぼう》めがけて、思《おも》いっきり火《ひ》を吹《ふ》いた。

棒《ぼう》は炎《ほのお》につつまれて、まばゆい光《ひかり》を放《はな》った。

バーニンレオの力《ちから》を借《か》りて、スティックのコピー能力《のうりょく》がパワーアップしたのだ。

炎《ほのお》の属性《ぞくせい》を持《も》つ棒《ぼう》、**メラーガスティック！**

フラン・キッスは、手足《てあし》にまとわりつくクモの糸《いと》を、ようやく断《た》ち切《き》っていた。

「ねばねば、ねばねば……！　ああ〜っ、ふゆかいですわ〜っ！」

フラン・キッスは氷《こおり》のオノをかまえ、コモめがけて打《う》ち下《お》ろした。

コモは、声《こえ》を上《あ》げることもできず、はじき飛《と》ばされてしまった。

「このぉぉぉぉ……！」

カービィは、メラーガスティックを超高速《ちょうこうそく》で振《ふ》り回《まわ》しながら、フラン・キッスに飛《と》びかかっていった。

「ぼうじゅつらんぶ！」

乱《みだ》れ舞《ま》う棒《ぼう》の先《さき》から、ごうごうと音《おと》を立《た》てて炎《ほのお》がふき出《だ》した。

「キャアアアアア！　や、やめて！　あつ、あつ……暑《あつ》っ苦《くる》しい――！」

フラン・キッスはオノをかざし、炎《ほのお》をふせごうとした。

が、オノは炎《ほのお》に焼《や》かれ、まっぷたつに折《お》れてしまった。

フラン・キッスは青《あお》ざめ、よろめいた。

「な……なんということでしょう……ここは……やむをえませんわね。撤退《てったい》ですわ！」

フラン・キッスは、すばやく身《み》をひるがえした。

「待《ま》て！」

カービィが声《こえ》を上《あ》げたが、フラン・キッスは宇宙船《うちゅうせん》に飛《と》び乗《の》ると、たちまち空《そら》のかなたへ飛《と》び去《さ》ってしまった。

バーニンレオが、空《そら》を見上《みあ》げてどなった。

「ちぇ！　逃《に》げ足《あし》の速《はや》いヤツだぜ！」

ワドルディは、倒《たお》れているコモに駆《か》けよった。

「コモ！　だいじょうぶ!?」

カービィとバーニンレオも、コモの顔《かお》をのぞきこんだ。

コモの三つの目《め》が、一つずつ、順《じゅん》にひらいた。

かすかなほほえみを浮《う》かべて、コモは言《い》った。

「へっ……へっちゃらだ……オレは……こう見《み》えて、ねばり強《づよ》いんだぜ……」

「さすがだぜ、クモ！」

バーニンレオが声《こえ》をかけると、コモはジロッとにらんだ。

「クモじゃない！　オレは、コモっ！」

「へへっ。クモの糸《いと》なんて、なんの役《やく》に立《た》つんだと思《おも》ったけど、見直《みなお》したぜ。おまえの糸《いと》、すげえな！」

ほめられて、コモはうれしそうに目《め》を細《ほそ》めた。

「じいさん……じゃなかった、長老《ちょうろう》の言《い》いつけを果《は》たせたかな。オレは、もうフォルナに帰《かえ》るけど……いいよな？」

「うん！　ありがとう、コモ」

カービィは、コモの手《て》をにぎった。

「クモの巣《す》、楽《たの》しかったよ。今度《こんど》、プププランドにきてね。みんなで遊《あそ》ぼう！」

「へっ。オレのクモの巣《す》は、トランポリンじゃねえよ」

そう言《い》いながらも、コモは満足《まんぞく》そうだった。

ワドルディが言《い》った。

「カービィ、ジャハルビートを元《もと》に戻《もど》してあげて」

「あ、そうだ。わすれてた」

カービィは、くるんと一回転《かいてん》してコピー能力《のうりょく》をはずした。ジャハルビートが転《ころ》がり出《で》てきた。

ジャハルビートは、ぼんやりした目《め》でカービィたちを見《み》て、つぶやいた。

「カービィ……バーニンレオ……ワドルディ……？」

「もう、だいじょーぶだよ。フラン・キッスは、やっつけたから！」

カービィが言《い》うと、ジャハルビートは何度《なんど》もまばたきをした。やっと、意識《いしき》がはっきりしてきたようだ。

「キミたち、ボクを助《たす》けに来《き》てくれたの……？　なぜ……」

答《こた》えたのは、バーニンレオ。

「なぜ？　バカなこと聞《き》くな。友《とも》だちがさらわれたら、助《たす》けるに決《き》まってるじゃねえか」

「そうだよ。早《はや》くプププランドに帰《かえ》って、みんなで遊《あそ》ぼう！」

カービィが言《い》ったが、バーニンレオは不服《ふふく》そうに言《い》い返《かえ》した。

「帰《かえ》る？　プププランドに？　冗談《じょうだん》だろ！」

「……え？」

「戦《たたか》いは、まだ終《お》わってねえよ。逃《に》げた三魔官《さんまかん》を、追《お》いかけようぜ！」

「え〜!?」

カービィは目《め》を見開《みひら》いた。

「やだよ〜！　もう、ジャハルビートを取《と》り返《かえ》したんだから、いいじゃない。帰《かえ》って、おやつを食《た》べて、お昼寝《ひるね》しようよ〜！」

「……カービィ」

ジャハルビートが、暗《くら》い顔《かお》をして言《い》った。

「それは、できないと……思《おも》うよ」

「え？　なんで？」

「三魔官様《さんまかんさま》たちは、決《けっ》して、あきらめない。ボクをうばい返《かえ》すまで、何度《なんど》でも襲《おそ》ってくるよ。お昼寝《ひるね》してるひまなんて……ない……」

ジャハルビートの目《め》は、真剣《しんけん》だった。

ワドルディが言《い》った。

「つまり……戦《たたか》いはまだ終《お》わってないってこと？　このまま帰《かえ》っても、三魔官《さんまかん》がまた襲《おそ》ってくる……？」

ジャハルビートは、無言《むごん》でうなずいた。

バーニンレオが、舌打《したう》ちをした。

「ちぇ！　しゅうねん深《ぶか》いヤツらだぜ！」

「しゅうねん……っていうより……」

ジャハルビートは、顔《かお》を伏《ふ》せて言《い》った。

「忠実《ちゅうじつ》なんだ。三魔官様《さんまかんさま》たちは、命令《めいれい》を果《は》たすまで、ぜったいあきらめないんだよ……」

「命令《めいれい》？　だれの命令《めいれい》だよ？」

「それは……」

ジャハルビートは、つらそうに口《くち》をつぐんでしまった。

ワドルディが言《い》った。

「なんだかよくわからないけど、その命令《めいれい》を果《は》たすまで、三魔官《さんまかん》は何度《なんど》でも襲《おそ》ってくるんだね？」

「……うん。たぶん」

「だったら、やっぱり、追《お》いかけるしかないよ！」

ふだんは弱虫《よわむし》のワドルディなのに、思《おも》いがけないほど力強《ちからづよ》い言葉《ことば》だった。

バーニンレオは、一瞬《いっしゅん》あっけにとられたが、うれしそうに声《こえ》を上《あ》げた。

「おう、そのとおりだぜ！　銀河《ぎんが》のはてまで追《お》いかけて、ヤツらをぶちのめしてやる！」

カービィは、盛《も》り上《あ》がっているバーニンレオを見《み》て、つまらなそうに言《い》った。

「え〜……まだ戦《たたか》うの？　イヤだなあ。ぼく、早《はや》くプププランドに帰《かえ》って、おやつを食《た》べて、お昼寝《ひるね》したいよ……」

「あいつらと決着《けっちゃく》をつけなきゃ、おちおち昼寝《ひるね》もできねえんだよ！」

その言葉《ことば》を聞《き》いて、カービィはようやく、うなずいた。

「わかったよ。ポップスターの平和《へいわ》とお昼寝《ひるね》タイムを守《まも》らなくちゃね。来《き》て、ワープスター！」

その声《こえ》にこたえて、黄色《きいろ》い星《ほし》がやって来《き》た。

ワープスターに乗《の》りこんだカービィたちに、コモが手《て》を振《ふ》った。

「がんばれよ。応援《おうえん》してるからな！」

「うん！　ありがとう、コモ！　どら焼《や》きおじいさんによろしくね！」

ワープスターは浮《う》き上《あ》がり、小惑星《しょうわくせい》フューを飛《と》び出《だ》していった。

コモは、ワープスターが見《み》えなくなるまで手《て》を振《ふ》り続《つづ》けていたが、三つの目《め》をまたいて、なやましげにつぶやいた。

「……ど……どら焼《や》きおじいさん……？」

4 小惑星《しょうわくせい》メラーガの大熱戦《だいねっせん》！

「で、三魔官《さんまかん》はどこにいるんだ？」

宇宙空間《うちゅうくうかん》をただよいながら、バーニンレオがたずねた。

ジャハルビートは、考《かんが》えこみながら答《こた》えた。

「たぶん、フラン・ルージュ様《さま》は、暑《あつ》い星《ほし》にいると思《おも》う。戦《たたか》いで疲《つか》れた後《あと》は、暑《あつ》い場所《ばしょ》で休《やす》まないと、力《ちから》が回復《かいふく》しないって聞《き》いたことがあるから」

「おっ、オレも同《おな》じ意見《いけん》だぜ！　三魔官《さんまかん》にも、話《はなし》のわかるヤツがいるんだな」

バーニンレオは、うれしそうに言《い》った。

ワドルディが、あきれて言《い》い返《かえ》した。

「油断《ゆだん》しちゃダメだよ。フラン・ルージュは、強敵《きょうてき》なんだからね」

「わかってるって。で、その暑《あつ》い星《ほし》ってのはどこだ？　こころ当《あ》たりはあるのか？」

「たぶん、小惑星《しょうわくせい》メラーガじゃないかな。このあたりで、いちばん気温《きおん》が高《たか》い星《ほし》で、フラン・ルージュ様《さま》のお気《き》に入《い》りなんだ」

「じゃ、そこへ行《い》ってみるか！」

ワープスターは、みんなの会話《かいわ》を理解《りかい》したように、ひとりでにコースを変《か》えて速度《そくど》を上《あ》げた。


上空《じょうくう》から見《み》た小惑星《しょうわくせい》メラーガは、とがった山々《やまやま》がつらなる、きびしい星《ほし》だった。

おまけに、地面《じめん》のあちこちがひび割《わ》れ、まっかに溶《と》けたマグマが流《なが》れ出《だ》している。

一目見《ひとめみ》ただけで、カービィもワドルディも、身《み》ぶるいしてしまった。

「こんな星《ほし》に、ほんとにフラン・ルージュがいるの〜!?」

ジャハルビートは、うなずいた。

「ここは、フラン・ルージュ様《さま》のいちばんのお気《き》に入《い》りスポットなんだ。ムンムンするマグマの熱気《ねっき》が、たまらないんだって」

「同感《どうかん》だぜ！」

バーニンレオだけが、目《め》をかがやかせ、元気《げんき》づいていた。

「早《はや》く着陸《ちゃくりく》しようぜ！」

「だけど……」

平地《へいち》がほとんどなく、あちこちからマグマがふき出《だ》しているので、ワープスターが下《お》りられる場所《ばしょ》がなかなか見《み》つからない。

かろうじて、けわしい山《やま》のふもとに、なんとか着陸《ちゃくりく》できるスペースを見《み》つけた。

しゃくねつの星《ほし》に下《お》り立《た》ったカービィたちは、足《あし》もとから立《た》ちのぼってくる熱気《ねっき》と、吹《ふ》きつける熱風《ねっぷう》に、おじけづいてしまった。

「あ、あ、暑《あつ》い……まるで、かまどの中《なか》にいるみたいだよ……！」

カービィはぐったりして、座《すわ》りこもうとした――が、地面《じめん》の熱《あつ》さにおどろいて、飛《と》び上《あ》がった。

「あちち！　やけどしちゃう！」

「ひゃっほー！　最高《さいこう》だぜー！」

一人《ひとり》だけ元気《げんき》なのは、もちろんバーニンレオ。

この星《ほし》とは、よほど相性《あいしょう》がいいらしい。仲間《なかま》たちがへこたれている中《なか》、ますます炎《ほのお》のたてがみを燃《も》え上《あ》がらせ、闘志《とうし》をみなぎらせている。

「行《い》くぜ、やろうども！　三魔官《さんまかん》をぶっ飛《と》ばしてやるぜー！」

先頭《せんとう》に立《た》って、意気《いき》ようようと山道《やまみち》を駆《か》け上《のぼ》っていった。

「元気《げんき》だなあ、バーニンレオ……」

「小惑星《しょうわくせい》フューでは、ふるえ上《あ》がってたのにね」

カービィたちは、とぼとぼとバーニンレオに続《つづ》いた。

ほんの少《すこ》し歩《ある》いただけで、バーニンレオ以外《いがい》の三人《にん》はバテバテ。

とりわけ弱《よわ》っているのは、もともと体力《たいりょく》のないワドルディだった。

「はぁ……はぁ……」

息《いき》が乱《みだ》れ、足《あし》もともふらふらし始《はじ》めた。

カービィは心配《しんぱい》して、ワドルディと手《て》をつないだ。

「ぼくが引《ひ》っ張《ぱ》るから、がんばって、ワドルディ」

「ごめんね、カービィ。ぼく、やっぱり足手《あしで》まといになっちゃって……」

「そんなことないよ！」

「そうだよ」

ジャハルビートもうなずいて、手《て》を差《さ》し出《だ》した。

「つかまって、ワドルディ。ボクとカービィとで、引《ひ》っ張《ぱ》り上《あ》げてあげる」

「ありがとう、ジャハルビート」

右手《みぎて》でカービィ、左手《ひだりて》でジャハルビートの手《て》を取《と》り、ワドルディが表情《ひょうじょう》を引《ひ》きしめた時《とき》だった。

突然《とつぜん》、足《あし》もとがぐらりとゆれ、大小《だいしょう》の石《いし》ころが斜面《しゃめん》を転《ころ》がり落《お》ちてきた。

「わわっ!?」

「なんだ!?」

カービィたちは、あわてて地面《じめん》にふせた。

調子《ちょうし》よく登《のぼ》っていたバーニンレオも、足《あし》を取《と》られ、転《ころ》んでしまった。

ジャハルビートが言《い》った。

「この星《ほし》は、大地《だいち》が不安定《ふあんてい》なんだ。しょっちゅう、今《いま》みたいに揺《ゆ》れるんだよ。山《やま》くずれがあるかもしれないから、気《き》をつけて」

ゆれは、すぐにおさまった。カービィたちは立《た》ち上《あ》がった。

「ふぅ。あぶなかったね」

「また、急《きゅう》にゆれるかもしれないから、気《き》をぬかずに行《い》こう」

四人《にん》は、慎重《しんちょう》に山《やま》を登《のぼ》り続《つづ》けた。

しかし、しだいに、ワドルディの足《あし》は前《まえ》に出《で》なくなってきた。

「はぁ……はぁ……！」

息《いき》の乱《みだ》れも、ますますはげしくなってくる。

暑《あつ》さと、山道《やまみち》のけわしさとで、すっかり体力《たいりょく》をうばわれてしまったのだ。

「ワドルディ……」

カービィは心配《しんぱい》でたまらず、声《こえ》を上《あ》げた。

「みんな、ここで、少《すこ》し休《やす》もうよ。ぼくも、つかれちゃった」

バーニンレオがふり返《かえ》って、言《い》った。

「だらだらしてたら、日《ひ》が暮《く》れちゃうぜ。こんなところで夜《よる》を明《あ》かすなんて、キケンすぎる」

「だけど……」

「バーニン、レオの、言《い》う、とおり、だよ」

ワドルディは、ゼイゼイと息《いき》をしながら言《い》った。

「行《い》こう。ぼく、だいじょうぶ、だから……」

けれど、そのとき、ふたたび強《つよ》いゆれが襲《おそ》ってきた。

さっきよりも、はげしい。立《た》っていられないほど、地面《じめん》が波打《なみう》ったかと思《おも》うと、山《やま》の片《かた》側《がわ》が突然《とつぜん》、くずれだした。

「うわああ!?」

「気《き》をつけろ！」

カービィたちは地面《じめん》にはいつくばって、山《やま》くずれに巻《ま》きこまれないよう、ふんばった。

が、ワドルディには、もはやその体力《たいりょく》が残《のこ》っていない。

「**わあああああああ！**」

悲鳴《ひめい》を上《あ》げ、ガケの底《そこ》へ、転《ころ》がり落《お》ちていった。

「**ワドルディー——！**」

カービィは叫《さけ》び、ワドルディを追《お》って、ガケの下《した》に飛《と》び下《お》りようとした。

バーニンレオが急《いそ》いでカービィの足《あし》に飛《と》びつき、つかまえた。

「やめろ、カービィ！　あぶねえ！」

「はなしてよー！　ワドルディが！」

「飛《と》び下《お》りたら、おまえまで巻《ま》きこまれちまう！」

「だいじょーぶだよ、ぼく、ホバリングができるから……！」

「ホバリングじゃ、どーにもならねえんだよ！」

バーニンレオの言《い》うとおりだった。

山《やま》くずれは、ますますはげしさを増《ま》している。大《おお》きな岩《いわ》がごろごろと転《ころ》がり落《お》ち、土煙《つちけむり》を上《あ》げている。

ワドルディが落《お》ちたガケの下《した》がどうなっているか、カービィたちの位置《いち》からは、まったくわからなかった。

「だけど、行《い》かなくちゃ！　ワドルディを、助《たす》けなくちゃ……！」

「だめだ、カービィ！」

ジャハルビートも、あばれるカービィをおさえつけながら叫《さけ》んだ。

「せめて、このゆれがおさまるまで待《ま》って！　大地《だいち》がしずまったら、みんなでワドルディを探《さが》しに行《い》こう！」

「だけど、だけど——！」

カービィが、バーニンレオとジャハルビートを振《ふ》り切《き》ろうと、もがき続《つづ》けていると——。

高《たか》らかな笑《わら》い声《ごえ》がひびきわたった。

「アハハッ！」

カービィたちは、おどろいて振《ふ》り向《む》いた。

今《いま》の大《おお》ゆれのせいで、山《やま》の一部《いちぶ》がくずれ落《お》ち、平《たい》らな広場《ひろば》のようになっている。

その中央《ちゅうおう》に、まっかな髪《かみ》をなびかせる姿《すがた》があった。

カービィは叫《さけ》んだ。

「フラン・ルージュ！」

「やっぱり生《い》きてたのね、ずんぐりピンク！」

フラン・ルージュは、らんらんと燃《も》える目《め》でカービィをにらみつけた。

「ま〜たアンタに会《あ》えるなんてね！　きっと、毎日《まいにち》カミサマにおいのりしてるごほうびだわ！」

「フラン・ルージュ様《さま》……！」

ジャハルビートが声《こえ》を上《あ》げると、フラン・ルージュはやっと彼《かれ》の存在《そんざい》に気《き》づいたように、視線《しせん》を向《む》けた。

「はーん？　オマエは、アタシたちにそむいて敵《てき》に寝返《ねがえ》ったおろか者《もの》ね。なんで、こんなところに？　キッスちゃんが、オマエをつかまえに行《い》ったはずなのに……」

「フラン・キッスなら、やっつけたぜ！」

叫《さけ》んだのは、バーニンレオ。

ジャハルビートがあわててだまらせようとしたが、調子《ちょうし》に乗《の》ったバーニンレオは止《と》まらなかった。

「あんなヤツ、弱《よわ》すぎて、話《はなし》にならなかったぜ！　へっへっへ！　このバーニンレオ様《さま》の炎《ほのお》で、チリチリ髪《がみ》にしてやったからな！」

「や、やめるんだ、バーニンレオ……！」

ジャハルビートはあたふたして、バーニンレオの口《くち》をふさいだ。

しかし、もうおそかった。

フラン・ルージュの顔色《かおいろ》が変《か》わっていた。

「……**ジャマッデム**……」

さっきまでとは打《う》って変《か》わった、迫力《はくりょく》のある声《こえ》でうめき、フラン・ルージュは片手《かたて》を上《あ》げた。

そこに、真紅《しんく》の炎《ほのお》につつまれた、波打《なみう》つ剣《けん》があらわれた。

「ジャマッデム……ジャマッデム！　よくも、アタシのキッスちゃんを！　オマエたち、ぜったいに許《ゆる》さないからね！　今度《こんど》こそ、けしずみにしてあげるわっ！」

フラン・ルージュは炎《ほのお》の剣《けん》をかまえ、突《つ》っこんできた。

「わあああ！」

カービィたちは、悲鳴《ひめい》を上《あ》げて飛《と》びのいた。

カービィは、両手《りょうて》を広《ひろ》げて言《い》った。

「今《いま》のは、ウソだよ。バーニンレオは、ふざけただけなんだ。フラン・キッスの髪《かみ》は、チリチリになんて、なってないから……！」

「**ジャマアアアッデムウウウ――！**」

カービィの言葉《ことば》は、怒《いか》りくるうフラン・ルージュの耳《みみ》をすどおりしていった。

ジャハルビートが叫《さけ》んだ。

「戦《たたか》うしかない！　カービィ、ボクを吸《す》いこんで！」

「うん……！」

カービィは大《おお》きく口《くち》を開《あ》けたが、フラン・ルージュの動《うご》きのほうが速《はや》かった。

「ジャマッデム！　そこをどいて！」

炎《ほのお》の剣《けん》をなぎはらい、ジャハルビートをはじき飛《と》ばした。

ジャハルビートは大《おお》きな岩《いわ》にぶつかり、気《き》を失《うしな》ってしまった。

「ジャハルビート……！」

叫《さけ》んだカービィの前《まえ》に、フラン・ルージュが立《た》ちはだかる。

コピー能力《のうりょく》をもたない、すっぴんのカービィには、なすすべもなかった。

フラン・ルージュは大声《おおごえ》を上《あ》げて、炎《ほのお》の剣《けん》を振《ふ》り上《あ》げた！


「う……うう……ん……」

ガケの下《した》に転落《てんらく》したワドルディは、少《すこ》しの間気《あいだき》を失《うしな》っていたけれど、パラパラと降《ふ》り注《そそ》ぐ小石《こいし》に打《う》たれて、目《め》を開《あ》けた。

「こ……ここは？　カービィ？　バーニンレオ……ジャハルビート……？」

仲間《なかま》たちの名《な》を呼《よ》んでみたが、まわりにはだれもいない。

そこで、ようやく、ワドルディは思《おも》い出《だ》した。

「そうか、ぼく、ガケの下《した》に落《お》ちて、みんなとはぐれちゃったんだ。たいへんだ、早《はや》く、戻《もど》らなきゃ……」

とは思《おも》ったものの、目《め》の前《まえ》に見《み》えるのは、切《き》り立《た》ったガケ。

これを登《のぼ》ることなんて、できるわけがない。

「どうしよう。とにかく、登《のぼ》れる道《みち》をさがさなきゃ……」

ワドルディは、ガケにそって歩《ある》き出《だ》した。

しかし、地形《ちけい》はけわしくなるばかり。山《やま》の上《うえ》に戻《もど》れる道《みち》なんて、どこにも見《み》つからない。

たえがたいほどの熱気《ねっき》は、おさまりそうにない。体力《たいりょく》が、どんどんけずられていく。

ワドルディは、ふらふらしながら思《おも》った。

「……ダ……メだ……足《あし》が……動《うご》かないよ……もう、これ以上《いじょう》は……」

カービィといっしょなら、どんなに疲《つか》れはてても、前《まえ》に進《すす》もうと思《おも》えるのに。

一人《ひとり》ぼっちでは、こころもからだも、どんどん重《おも》くなるばかり。

ワドルディは、ポロッと涙《なみだ》を流《なが》した。そのまま、座《すわ》りこんでしまいそうになった時《とき》だった。


「……ん？　あれは、なんだろう？」

もうもうと立《た》つ土煙《つちけむり》のむこうに、何《なに》か、大《おお》きな建物《たてもの》が見《み》えたような気《き》がした。

まぼろしかもしれない。しんきろうかもしれない。

でも、ワドルディは、そこに救《すく》いを求《もと》めるしかなかった。

「あそこに行《い》けば……少《すこ》しは、休《やす》めるかも……」

ワドルディは、足《あし》かせをはめられたように重《おも》い足《あし》を引《ひ》きずりながら、建物《たてもの》をめざした。


それは、まぼろしではなかった。

石造《いしづく》りの、大《おお》きな建物《たてもの》だ。長《なが》い年月《ねんげつ》にさらされたように、色《いろ》あせてはいるが、造《つく》りはがんじょうで、くずれそうな気配《けはい》はなかった。

「なんだろう、この建物《たてもの》。まるで、神殿《しんでん》みたいだけど……」

ワドルディは、おっかなびっくり、建物《たてもの》に踏《ふ》みこんでみた。

一歩《いっぽ》入《はい》っただけで、ひんやりした空気《くうき》につつみこまれた。

やけつくような熱気《ねっき》でヘトヘトになっていたワドルディは、生《い》き返《かえ》った気持《きも》ちになって、深呼吸《しんこきゅう》をした。

「ふぅ……すずしい！　よかった、ここで少《すこ》し休《やす》んだら、元気《げんき》になれそう」

カービィたちと再会《さいかい》できたら、この建物《たてもの》のことを教《おし》えてあげよう。そして、みんなで休《やす》んで、元気《げんき》を取《と》り戻《もど》そう。

そんなことを思《おも》いながら、石段《いしだん》にちょこんと座《すわ》った時《とき》だった。

背後《はいご》で、ガサリと音《おと》がした。

ワドルディは、おどろいて振《ふ》り返《かえ》った。

ヤリをにぎった、黒《くろ》ずくめの生《い》き物《もの》が立《た》っていた。

この建物《たてもの》に巣《す》くっている、ならず者《もの》だ。ワドルディをにらみつけると、敵意《てきい》むき出《だ》しのうなり声《ごえ》を上《あ》げた。

「え？　あ、あの……」

ワドルディは立《た》ち上《あ》がり、後《あと》じさりながら言《い》った。

「ここ、あなたの、なわばりですか？　ごめんなさい、勝手《かって》に入《はい》りこんで……ぼく、ここで少《すこ》し休《やす》ませてもらおうと思《おも》っただけで……」

黒《くろ》ずくめのならず者《もの》は、ヤリをかまえて、襲《おそ》いかかってきた。

ワドルディは悲鳴《ひめい》を上《あ》げて逃《に》げ出《だ》した。

「わあああっ！　ごめんなさい、すぐに出《で》て行《い》きますから！　刺《さ》さないで！」

しかし、ならず者《もの》は耳《みみ》を貸《か》さない。長《なが》いヤリをすばやく突《つ》き出《だ》し、ワドルディを突《つ》き刺《さ》そうと狙《ねら》っている。

「わあ！　わああ、やめて――！」

ワドルディは外《そと》に逃《に》げ出《だ》そうとしたが、敵《てき》の動《うご》きにはばまれ、逆《ぎゃく》に建物《たてもの》の奥《おく》へと追《お》いつめられていった。

どこにも、かくれられる場所《ばしょ》はない。凶暴《きょうぼう》なうなり声《ごえ》が、すぐ後《うし》ろに迫《せま》ってくる。

「や、やめて！　助《たす》けてぇ――！」

ワドルディは涙《なみだ》をためて叫《さけ》んだ。

だが、涙《なみだ》で視界《しかい》がぼやけたために、石段《いしだん》に足《あし》をひっかけ、転《ころ》んでしまった。

黒《くろ》ずくめのならず者《もの》は、勝《か》ちほこったように笑《わら》い、ヤリを振《ふ》りかざした。

もうダメだ——ワドルディはギュッと目《め》をつぶり、この世《よ》でいちばん頼《たよ》りになる名前《なまえ》を、無我夢中《むがむちゅう》で叫《さけ》んだ。

「大王様《だいおうさま》ぁ——！　デデデ大王様《だいおうさま》、助《たす》けてください——！」

すると——。

ワドルディの目《め》の前《まえ》に、突然《とつぜん》、出現《しゅつげん》した。

まさに、ワドルディが思《おも》い描《えが》いていた究極《きゅうきょく》の救《すく》い主《ぬし》、デデデ大王《だいおう》が。

大王《だいおう》は、右手《みぎて》にハンマー、左手《ひだりて》になぜかバンダナをにぎり、きょとんとした顔《かお》であたりを見回《みまわ》した。

「ああ？　なんだ？　何《なに》が起《お》きたんだ。ここは、どこだ？」

「**大王様《だいおうさま》あ——!?**」

ワドルディは、目《め》をうたがった。

絶体絶命《ぜったいぜつめい》の恐怖《きょうふ》のあまり、まぼろしを見《み》てるんだろうか。

けれど、デデデ大王《だいおう》はワドルディに気《き》づくと、まぼろしとは思《おも》えない大声《おおごえ》でどなりつけた。

「ワドルディじゃないか!?　おまえ、こんなところで何《なに》をしとるんだ!?　こんなところ――って、そもそも、ここはどこだ?　オレ様《さま》は、なぜ、こんな……」

「大王様《だいおうさま》、あぶないっ！」

ワドルディは叫《さけ》んだ。

突然《とつぜん》の大王《だいおう》の出現《しゅつげん》に、あっけにとられていた黒《くろ》ずくめのならず者《もの》が、気《き》を取《と》り直《なお》してふたたび襲《おそ》いかかってきたのだ。

敵《てき》は大声《おおごえ》を上《あ》げて、大王《だいおう》めがけてヤリを突《つ》き出《だ》した。

大王《だいおう》の反応《はんのう》はすばやかった。

「む?　なんだ、キサマは?」

相手《あいて》が、敵意《てきい》をむき出《だ》しにしているのを見《み》て取《と》ると、大王《だいおう》の表情《ひょうじょう》が変《か》わった。

「プププランドの偉大《いだい》なる支配者《しはいしゃ》に武器《ぶき》を向《む》けるとは！　ぶれい者《もの》め!!」

ハンマーをひと振《ふ》り！

たったそれだけで、勝負《しょうぶ》は決《き》まった。

ならず者《もの》はいきおいよくふっ飛《と》ばされ、石《いし》の壁《かべ》にたたきつけられて、目《め》を回《まわ》してしまった。

大王《だいおう》は、「フンッ」とあらあらしい鼻息《はないき》をついた。

「バカ者《もの》め。オレ様《さま》に戦《たたか》いをいどもうなんて、百万年早《ひゃくまんねんはや》いわい」

「大王様《だいおうさま》……大王様《だいおうさま》……」

ワドルディは、安心《あんしん》とうれしさのため、涙《なみだ》が止《と》まらなくなってしまった。

泣《な》きじゃくりながらデデデ大王《だいおう》の足《あし》もとに座《すわ》りこんだとたん、つまみ上《あ》げられた。

「おまえは、バンダナワドルディだな？　オ

レ様《さま》にウソをついて遊《あそ》びに出《で》かけた不届《ふとど》き者《もの》めが！」

「ご、ごめんなさい、大王様《だいおうさま》……」

「言《い》いわけは、後《あと》でたっぷり聞《き》くわい。それより、ここはどこだ？　どうやって、オレ様《さま》をこんなところに呼《よ》び出《だ》したんだ？」

「ここは、小惑星《しょうわくせい》メラーガです……」

「小惑星《しょうわくせい》……だと？」

デデデ大王《だいおう》は、あんぐりと口《くち》を開《あ》けた。

「ウソをつけ。オレ様《さま》は、たった今《いま》まで、デデデ城《じょう》にいたんだぞ。一瞬《いっしゅん》で、ちがう星《ほし》に移《い》動《どう》できるわけがないだろう！」

「で、でも、そうなんです。ぼく、カービィたちと……」

その名《な》を耳《みみ》にした瞬間《しゅんかん》、デデデ大王《だいおう》はワドルディを取《と》り落《お》とし、怒《おこ》り出《だ》した。

「カービィだと！　おまえ、やはりカービィといっしょに、温泉旅行《おんせんりょこう》に出《で》かけていたんだな――!?」

「ち、ちがいます。これには、わけがあるんです」

ワドルディは、手《て》みじかに事情《じじょう》を説明《せつめい》した。さらわれたジャハルビートを追《お》って、カービィたちとともに旅立《たびだ》ったことや、この小惑星《しょうわくせい》メラーガには三魔官《さんまかん》の一人《ひとり》フラン・ルージュがいるらしいこと。カービィたちとはぐれて、この神殿《しんでん》に迷《まよ》いこみ、夢中《むちゅう》で大王《だいおう》の名《な》を呼《よ》んだとたんに、大王《だいおう》があらわれたこと……など。

話《はなし》を聞《き》くうちに、デデデ大王《だいおう》の目《め》が、メラメラとかがやき出《だ》した。

「なるほど。よくわからんが、とにかくこの星《ほし》には、あのむらさき色《いろ》のハートをばらまいた悪人《あくにん》がいるんだな？」

「は、はい、たぶん」

「よぉおおし！」

デデデ大王《だいおう》はうれしそうに叫《さけ》んだ。

お城《しろ》でたいくつをもてあましていた大王《だいおう》にとって、こんなによろこばしいチャンスはない。

「ついに、ついに、このデデデ大王様《だいおうさま》の出番《でばん》がやって来《き》たか！　まかせておけ、ここからは、オレ様《さま》が主役《しゅやく》だ！」

大王《だいおう》は闘志《とうし》あふれる声《こえ》で叫《さけ》び、ハンマーをにぎりしめた。

頼《たの》もしい大王《だいおう》の姿《すがた》に、ワドルディの顔《かお》も明《あか》るくなった。

「早《はや》くカービィたちと合流《ごうりゅう》しましょう。こっちです！」

ワドルディは、建物《たてもの》の入《い》り口《ぐち》のほうへ駆《か》け出《だ》そうとした。

しかし、デデデ大王《だいおう》が呼《よ》び止《と》めた。

「待《ま》て。おまえ、そんなかっこうで、どうする気《き》だ」

「え？」

「武器《ぶき》も持《も》たずに、どうやって戦《たたか》う気《き》なんだ」

「……え？　いいえ、ぼくは弱《よわ》いので、戦《たたか》うなんて……」

「あまったれるな！」

デデデ大王《だいおう》は、気絶《きぜつ》している黒《くろ》ずくめのならず者《もの》から、ヤリを取《と》り上《あ》げた。

「こいつは、こういう建物《たてもの》をねじろにして、旅人《たびびと》を襲《おそ》って持《も》ち物《もの》をうばう追《お》いはぎだろう。

こんなヤツに武器《ぶき》を持《も》たせておくのはキケンだ。おまえがもらっておけ」

「ぼ、ぼくが、ヤリを？」

「このくらい軽《かる》い武器《ぶき》なら、おまえでも振《ふ》り回《まわ》せるだろう」

「でも、ぼく、ヤリなんて使《つか》ったことが……」

「あまったれるなと言《い》ってるだろう！　オレ様《さま》は、悪《あく》と戦《たたか》うのにいそがしいんだ。おまえが襲《おそ》われても、助《たす》けてやらんからな。自分《じぶん》の身《み》を守《まも》れる武器《ぶき》ぐらいは持《も》っておけ！」

「は、はいっ！」

ワドルディは、おっかなびっくり、ヤリをにぎった。

デデデ大王《だいおう》は、手《て》に持《も》っていたバンダナを、ワドルディの頭《あたま》に巻《ま》いた。

「ぼくのバンダナ……大王様《だいおうさま》、なぜこれを？」

「知《し》らんわい。はなをかむのに、手《て》ごろな紙《かみ》がなかったから、こいつを使《つか》おうと手《て》に取《と》った瞬間《しゅんかん》に呼《よ》び出《だ》されたんだ」

「えっ！　そ、そんな……」

「冗談《じょうだん》だ」

デデデ大王《だいおう》はハンマーをかつぎ上《あ》げ、歩《ある》き出《だ》した。

ヤリを手《て》にしたバンダナワドルディが、ちょこちょこと後《あと》に続《つづ》く。

外《そと》に出《で》ると、ワドルディはヤリで山《やま》の方角《ほうがく》をさしながら言《い》った。

「カービィたちは、あの山《やま》の上《うえ》にいます。登《のぼ》る道《みち》を見《み》つけないと……」

「フン。そんな、まだるっこしいことを、してられるか」

デデデ大王《だいおう》は片手《かたて》でワドルディを抱《だ》き上《あ》げると、ホバリングでふわりと宙《ちゅう》に浮《う》いた。

「山頂《さんちょう》まで、ひとっ飛《と》びだ！　待《ま》っていろ、カービィ！」

まるで、カービィと戦《たたか》いに行《い》くようないきおいで、デデデ大王《だいおう》はぐんぐん上昇《じょうしょう》していった。

5 最強《さいきょう》の仲間《なかま》たち

振《ふ》り下《お》ろされた剣《けん》は、大地《だいち》を打《う》ち、まっかな炎《ほのお》をふき上《あ》げた。

カービィとバーニンレオは、転《ころ》がってよけた。

「ムダよ！　アタシの剣《けん》から、いつまで逃《に》げ回《まわ》れるかしらね！」

フラン・ルージュの攻撃《こうげき》は、ますますヒートアップ。

バーニンレオは、よろよろしながら立《た》ち上《あ》がった。

「熱《あつ》さ勝負《しょうぶ》なら……オレだって……負《ま》けないぜ！」

思《おも》いっきり、火《ひ》を吹《ふ》く。

けれど、フラン・ルージュがあやつる炎《ほのお》とは比《くら》べ物《もの》にならない。しゃくねつの太陽《たいよう》の前《まえ》の、ろうそくの火《ひ》ぐらいのものだ。

「アハハッ！　笑《わら》わせないでよね！」

フラン・ルージュは、高速《こうそく》の突《つ》きをくり出《だ》した。

「うわぁぁぁぁ！」

バーニンレオははじき飛《と》ばされ、気《き》を失《うしな》ってしまった。

ワドルディ、ジャハルビート、そしてバーニンレオまで、戦線離脱《せんせんりだつ》。

残《のこ》っているのは、カービィしかいない。

カービィは、よろめきながら、倒《たお》れているバーニンレオに近《ちか》づこうとした。コピー能力《のうりょく》なしでは、戦《たたか》うどころか、身《み》を守《まも》ることすらできない。

しかし、フラン・ルージュはカービィの考《かんが》えを読《よ》み切《き》っていた。

「そうはさせないわ！　**ファイアボール・サーカス！**」

波打《なみう》つ剣《けん》の先《さき》から、いくつもの火《ひ》の玉《たま》が飛《と》び出《だ》した。

「わあああ！」

飛《と》び下《さ》がって直撃《ちょくげき》をさけることはできたが、火《ひ》の玉《たま》の熱気《ねっき》は、弱《よわ》りきっていたカービィに、決定的《けっていてき》なダメージをあたえた。

もはや、まっすぐ立《た》っていられない。目《め》を開《あ》けているのが、やっとだ。

それでも、カービィはあきらめなかった。

「ここで、負《ま》けるわけには……いかないんだ……」

カービィは、ふらつきながら思《おも》った。

「ワドルディを……助《たす》けに……行《い》かなくちゃ……！」

ガケの下《した》で、こころ細《ぼそ》い思《おも》いをしているだろうワドルディのことを思《おも》うと、倒《たお》れることはできなかった。

「しぶといわね、ずんぐりピンク！　でも、もう、あきらめなさい。約束《やくそく》どおり、アンタをけしずみにしてあげる！」

勝利《しょうり》を確信《かくしん》したフラン・ルージュが、炎《ほのお》の剣《けん》を振《ふ》りかざす。

「これでおしまいよ！　**ベルジュ・フィニッシュ……！**」

高《たか》らかに宣言《せんげん》した時《とき》だった。

ガケの下《した》から、何者《なにもの》かが飛《と》び出《だ》してきた。

「……えっ？」

ふいを突《つ》かれて、フラン・ルージュは目《め》をぱちくり。攻撃《こうげき》の手《て》が止《と》まった。

あらわれたのは、デデデ大王《だいおう》とワドルディ！

「む？　アイツは敵《てき》か？」

デデデ大王《だいおう》が、ハンマーをかまえて問《と》いかける。

すかさず、バンダナワドルディが答《こた》えた。

「そうです！　三魔官《さんまかん》の一人《ひとり》で、炎《ほのお》をあやつる……」

「こまかいことは、どうでもいいわい。つまり、オレ様《さま》がアイツをぶっ飛《と》ばしてもかまわんのだな？」

「はいっ、かまわんのですっ！」

「よぉし！」

デデデ大王《だいおう》は、ハンマーを振《ふ》り上《あ》げて、のしのしとフラン・ルージュに歩《あゆ》みよった。

予想外《よそうがい》の敵《てき》の出現《しゅつげん》に、フラン・ルージュは、たじろいだ。

「な、な、何《なに》よ、アンタ！　このアタシを、だれだと思《おも》って……！」

「知《し》るかぁぁ――！」

デデデ大王《だいおう》は、思《おも》いっきりスイング！

ハンマーの一撃《いちげき》が、フラン・ルージュにクリーンヒット！

「キャアアアアア――！」

フラン・ルージュはふっ飛《と》ばされ、剣《けん》を取《と》り落《お》として、ひっくり返《かえ》ってしまった。

「さすがです！　大王様《だいおうさま》！」

ワドルディは感激《かんげき》し、拍手《はくしゅ》かっさいを送《おく》った。

気《き》を良《よ》くしたデデデ大王《だいおう》は、ハンマーをにぎって、倒《たお》れているフラン・ルージュに近《ちか》づいていった。

「まだまだだ！　二度《にど》と悪《わる》さをしないよう、とどめを刺《さ》してやるぞ。食《く》らえ――！」

しかし、フラン・ルージュは、とどめの一撃《いちげき》を食《く》らう前《まえ》に飛《と》び上《あ》がっていた。

「フ、フンッ！　ここは、撤退《てったい》してあげるわ！　ジャマサラーバ！」

フラン・ルージュは、あっというまに姿《すがた》を消《け》してしまった。

「むむ。逃《に》げ足《あし》の速《はや》いヤツだわい」

デデデ大王《だいおう》はふきげんそうに言《い》った。

この光景《こうけい》を、息《いき》を止《と》めて見守《みまも》っていたカービィは、ようやく声《こえ》を上《あ》げた。

「デデデ大王《だいおう》～!?　どうして、ここに……!?」

「フフン、おどろいたか。悪《あく》を討《う》つために、ふしぎな神殿《しんでん》の力《ちから》で召喚《しょうかん》されたのだ」

デデデ大王《だいおう》はきどって言《い》ったが、カービィにはさっぱり意味《いみ》がわからない。

「ふーん、そう。それより……」

カービィは、ワドルディに飛《と》びついた。

「ワドルディ！　よかった！　無事《ぶじ》だったんだね！」

「うん。大王様《だいおうさま》が、助《たす》けてくれたんだ」

「どうして、大王《だいおう》がここにいるの？　それに、そのバンダナとヤリは、どうしたの？」

「それはね……」

ワドルディは、ふしぎな神殿《しんでん》でのできごとを話《はな》した。

カービィは、目《め》をみはって言《い》った。

「デデデ城《じょう》にいたデデデ大王《だいおう》が、あっというまにこの星《ほし》にあらわれたの？　ワドルディが呼《よ》んだから？」

「そうなんだ。あの神殿《しんでん》には、遠《とお》いところにいるだれかを、一瞬《いっしゅん》で呼《よ》びよせる力《ちから》があるんだよ」

「すごーい！」

カービィの目《め》がかがやいた。

「それじゃ、呼《よ》ぼう呼《よ》ぼう！　今《いま》すぐ、コックカワサキを呼《よ》ぼう！」

「なんでコックカワサキ……？」

「ぼく、おなかペコペコなんだもん。料理《りょうり》を作《つく》ってもらおうよ！」

のんきなカービィに、デデデ大王《だいおう》が言《い》った。

「いくらコックカワサキでも、材料《ざいりょう》もないのに、料理《りょうり》なんぞできるか。そんなことより、逃《に》げた三魔官《さんまかん》とやらを追《お》うぞ！」

デデデ大王《だいおう》は、腕《うで》をぐるぐる振《ふ》り回《まわ》した。

「ここからが、オレ様《さま》の強《つよ》さの見《み》せどころだ！　さあ行《い》くぞ！」

カービィは、やる気《き》まんまんのデデデ大王《だいおう》を見上《みあ》げて、言《い》った。

「デデデ大王《だいおう》、ぼくらに、力《ちから》を貸《か》してくれるの？」

「ちがう！」

大王《だいおう》は、不敵《ふてき》に笑《わら》った。

「キサマが、オレ様《さま》に力《ちから》を貸《か》すのだ。主役《しゅやく》はオレ様《さま》だ」

「……どっちでもいいけど。とにかく、いっしょに戦《たたか》おう！」

カービィは、倒《たお》れているバーニンレオとジャハルビートに、声《こえ》をかけてみた。

二人《ふたり》は意識《いしき》を取《と》り戻《もど》して、起《お》き上《あ》がった。

「あ、あれ……？　どうして、デデデ大王《だいおう》がここに……？」

きょとんとしている二人《ふたり》に、事情《じじょう》を説明《せつめい》する。

話《はなし》を聞《き》き終《お》えると、バーニンレオが言《い》った。

「へえ……ふしぎなことがあるんだな。とにかく、デデデ大王《だいおう》が加《くわ》わってくれて、よかったぜ。くやしいけど、オレはこれ以上《いじょう》、戦《たたか》えそうにねえんだ」

バーニンレオは今《いま》の戦《たたか》いで傷《きず》つき、弱《よわ》りきっている。

カービィは、うなずいた。

「うん、もう休《やす》んだほうがいいよ。ここまでいっしょに戦《たたか》ってくれて、ありがとう。この後《あと》は、ぼくらががんばるからね」

「カービィ、ボクも……」

ジャハルビートが言《い》った。

「行《い》けそうにない。もう、からだが動《うご》かないよ」

「ジャハルビート……」

カービィは、傷《きず》だらけになったジャハルビートを、ギュッと抱《だ》きしめた。

「わかったよ。ジャハルビートも、ゆっくり休《やす》んでね」

「でも……」

ワドルディが言《い》った。

「ジャハルビートがいないと、どこをめざせばいいか、わからないよ。道案内《みちあんない》がいないと……」

「そのことだけど」

ジャハルビートは、決意《けつい》をこめた目《め》をして言《い》った。

「カービィ、ボクを吸《す》いこんで」

「え？」

「ボクにはもう、戦《たたか》う力《ちから》は残《のこ》ってないけど、カービィのコピー能力《のうりょく》になることはできる。カービィに力《ちから》をあたえることができれば、きっと……」

「そうか！」

カービィは飛《と》び上《あ》がった。

「コピー能力《のうりょく》になったジャハルビートが、ぼくらを目的地《もくてきち》に連《つ》れてってくれるんだね。それなら、迷《まよ》わないよ！」

デデデ大王《だいおう》が言《い》った。

「そうと決《き》まったら、さっそく吸《す》いこめ。敵《てき》の本拠地《ほんきょち》へ乗《の》りこむぞ！」

「待《ま》ってください、大王様《だいおうさま》」

ワドルディが声《こえ》を上《あ》げた。

「敵《てき》は、ものすごく強《つよ》いです。もう一人《ひとり》、助《たす》けを呼《よ》んだらどうでしょうか」

「助《たす》け？　フフン、そんな物《もの》はいらんわい。オレ様《さま》さえいれば……」

デデデ大王《だいおう》は鼻《はな》で笑《わら》ったが、カービィが言《い》った。

「そうだ、メタナイトを呼《よ》ぼう！　メタナイトがいれば、怖《こわ》いものなしだよ！」

「メタナイト？　いらんわい、あんなヤツ……」

デデデ大王《だいおう》はイヤそうな顔《かお》になったが、メタナイトの強《つよ》さは、よくわかっている。

気乗《きの》りしないふりをして、続《つづ》けた。

「ま、アイツは戦《たたか》いに目《め》がないから、仲間《なかま》はずれにすると怒《おこ》るかもしれん。うらまれると困《こま》るから、呼《よ》んでやってもいいぞ」

「それじゃ、神殿《しんでん》に行《い》ってみよう！」

一行《いっこう》は山《やま》を下《お》り、ふしぎな神殿《しんでん》に向《む》かった。

神殿《しんでん》の中《なか》には、だれもいなかった。ワドルディを襲《おそ》ったならず者《もの》は、逃《に》げてしまったらしい。

「このあたりで、ならず者《もの》にやられそうになって、夢中《むちゅう》で大王様《だいおうさま》の名前《なまえ》を呼《よ》んだんだ。そしたら、大王様《だいおうさま》があらわれたんだよ」

ワドルディの説明《せつめい》を聞《き》いて、カービィはうなずいた。

「じゃ、ぼくが呼《よ》ぶね。**メタナイト！　来《こ》い来《こ》い、メタナイトーー！**」

バーニンレオが、あきれて言《い》った。

「そんな、いいかげんな呼《よ》び方《かた》じゃダメだろ。もっと、こころをこめて呼《よ》べよ……」

しかし、その瞬間《しゅんかん》。

みんなの目《め》の前《まえ》に、いきなり、メタナイトが出現《しゅつげん》した。

仮面《かめん》とマントを身《み》につけ、大《おお》きなマグカップを手《て》にしている。どうやら、お茶《ちゃ》の時間《じかん》だったらしい。

「わー、来《き》た来《き》た！　メタナイトだー！」

カービィは大《おお》よろこびで、飛《と》び回《まわ》った。

メタナイトは、カップを口《くち》に運《はこ》びかけたまま、固《かた》まっている。さすがの孤高《ここう》の剣士《けんし》も、この状況《じょうきょう》に、頭《あたま》がまっしろになってしまったようだ。

「やっほー、メタナイト！　あのね、びっくりしたと思《おも》うけど、ここはふしぎな神殿《しんでん》なんだ。名前《なまえ》を呼《よ》ぶと、だれでも呼《よ》び出《だ》せるんだよ。今《いま》、ぼくがメタナイトを呼《よ》んだってわけ！」

カービィが張《は》り切《き》って説明《せつめい》したが、もちろん、いきなり事実《じじつ》を並《なら》べられても、理解《りかい》できるわけがない。

メタナイトはぼうぜんとして、言葉《ことば》もなく、立《た》ちつくしている。

デデデ大王《だいおう》が言《い》った。

「何《なに》が起《お》きたかわかっとらんようだな、メタナイト。まあ、ムリもないが。そういえば、キサマ、カービィに会《あ》いたがっていたじゃないか。ここで会《あ》えて、満足《まんぞく》だろう」

「あ、そうだ。思《おも》い出《だ》した！」

カービィは、いきおいこんだ。

「メタナイト、アイスクリームを買《か》いすぎちゃったんでしょ？　それで、ぼくの助《たす》けがほしいんだよね？　わかった、ぼく、協力《きょうりょく》するよ！　三魔官《さんまかん》との戦《たたか》いでいそがしいけど、メタナイトの頼《たの》みなら……」

「……カービィ」

あまりにもマイペースなカービィを見《み》ているうちに、なんとか気《き》を取《と》り直《なお》したらしい。

メタナイトは、ようやく口《くち》を開《ひら》いた。

「これが悪夢《あくむ》でないなら、私《わたし》は一瞬《いっしゅん》にして、戦艦《せんかん》ハルバードからこの場所《ばしょ》へ移動《いどう》させられた……ということなのか？」

「うん！　そういうこと！」

「わけがわからないが……おそるべき力《ちから》があったものだな」

「だよね！　とにかく、アイスクリームを食《た》べよう。安心《あんしん》してね、ぼく、いくらでも食《た》べられ……」

「ここは、どこなのだ。事情《じじょう》をくわしく説明《せつめい》してくれ」

アイスクリームの話題《わだい》は、無視《むし》することに決《き》めたらしい。カービィが食《た》べ物《もの》について話《はな》し始《はじ》めたら、はてしなくワキ道《みち》にそれてしまうことを、メタナイトはよく知《し》っている。

ワドルディが答《こた》えた。

「ここは、小惑星《しょうわくせい》メラーガです。ぼくら、さらわれた友《とも》だちを助《たす》けるために、三魔官《さんまかん》を追《お》っていて、ここにたどりついたんです。三魔官《さんまかん》は強敵《きょうてき》なので、メタナイト様《さま》のお力《ちから》を借《か》りたいと思《おも》って……」

ワドルディの話《はなし》を聞《き》いて、やっと状況《じょうきょう》がわかったらしい。メタナイトは言《い》った。

「そういうことか。ちょうどよかった。私《わたし》も、カービィを探《さが》していたところなのだ」

「**アイスクリーム！**」

「ではない」

メタナイトは、重々《おもおも》しく言《い》った。

「三魔官《さんまかん》は暗黒要塞《あんこくようさい》ジャマハルダを破壊《はかい》し、ポップスターから去《さ》った。だが、彼女《かのじょ》たちの悪事《あくじ》はまだ終《お》わっていない。むしろ、ここからが本当《ほんとう》の戦《たたか》いだ。そのために、カービィの力《ちから》が必要《ひつよう》だと判断《はんだん》したのだ」

メタナイトは、手《て》にしたマグカップの中身《なかみ》を飲《の》みほして続《つづ》けた。

「カービィ、君《きみ》の話《はなし》では、三魔官《さんまかん》は何者《なにもの》かの命令《めいれい》にしたがっているらしいとのことだったな」

「うん。ぱる……ぱる……パルメザンチーズがそう言《い》ってた」

「……ザン・パルルティザーヌ様《さま》だよ」

えんりょがちに口《くち》をはさんだのは、ジャハルビートだった。

メタナイトが「君《きみ》は？」とたずねると、ジャハルビートはためらいながら答《こた》えた。

「ボクは、ジャハルビート。もと、三魔官様《さんまかんさま》の部下《ぶか》でした」

「でも、今《いま》はぼくたちの友《とも》だちなんだよ」

カービィが言《い》いそえた。メタナイトはうなずいた。

「そうか。敵《てき》の内情《ないじょう》を知《し》る者《もの》がいるのはこころ強《づよ》い。私《わたし》は、三魔官《さんまかん》をしたがえる黒幕《くろまく》を倒《たお》さないことには、この戦《たたか》いは終《お》わらないと考《かんが》えて、敵《てき》について探《さぐ》っていたのだ。ジャハルビート、君《きみ》が知《し》る限《かぎ》りのことを話《はな》してくれ。黒幕《くろまく》は、何者《なにもの》だ。目的《もくてき》はなんなのだ」

「それは……」

ジャハルビートは、暗《くら》い声《こえ》で答《こた》えた。

「ボクは下《した》っぱ兵士《へいし》だから、あまりくわしいことは知《し》りません。ただ、ボクらがお仕《つか》えしていたのは……偉大《いだい》な、魔神官様《ましんかんさま》です」

「魔神官《ましんかん》？」

初《はじ》めて聞《き》く言葉《ことば》に、カービィたちは顔《かお》を見合《みあ》わせた。

「三魔官《さんまかん》は、その魔神官《ましんかん》の命令《めいれい》にしたがっているのか」

「はい。ボクらは、魔神官様《ましんかんさま》のご命令《めいれい》で、銀河《ぎんが》に散《ち》ったジャマハートのかけらを集《あつ》めていたんです。儀式《ぎしき》のために、ジャマハートが必要《ひつよう》だからって言《い》われて」

「儀式《ぎしき》？　なんの儀式《ぎしき》だ」

「それは……わかりません。魔神官様《ましんかんさま》がとりおこなう、神聖《しんせい》な儀式《ぎしき》だと聞《き》かされただけで、くわしいことは……」

デデデ大王《だいおう》が、じれったそうに言《い》った。

「下《した》っぱに話《はなし》を聞《き》くより、黒幕《くろまく》をしめ上《あ》げたほうが早《はや》いわい。さっさと敵《てき》の本拠地《ほんきょち》へ行《い》こう！」

「うむ。ジャハルビート、その魔神官《ましんかん》の居場所《いばしょ》を教《おし》えてくれ」

メタナイトがつめよると、ジャハルビートはうつむき、小《ちい》さな声《こえ》で答《こた》えた。

「……神降衛星《じんこうえいせい》エンデ……」

「神降《じんこう》……？」

「魔神官様《ましんかんさま》のお力《ちから》で造《つく》られた、銀河《ぎんが》のはてにある天体《てんたい》です。そこには神聖《しんせい》な祭壇《さいだん》があって、魔神官様《ましんかんさま》が儀式《ぎしき》をとりおこなっている……そう聞《き》かされていました」

「よぉし！」

デデデ大王《だいおう》は張《は》り切《き》って、ハンマーをかつぎ上《あ》げた。

「では、そこに乗《の》りこんで、祭壇《さいだん》をぶっつぶしてやる。魔神官《ましんかん》とやらをとっちめて、二度《にど》と悪《わる》さをできないようにしてやるぞ！」

「うむ。役《やく》に立《た》つ情報《じょうほう》だった。礼《れい》を言《い》うぞ、ジャハルビート」

メタナイトが言《い》うと、ジャハルビートは思《おも》いつめた様子《ようす》で顔《かお》を上《あ》げた。

「気《き》をつけてください。魔神官様《ましんかんさま》は、ほんとうに、恐《おそ》ろしい方《かた》ですから」

「だいじょーぶ！　ぼくらが力《ちから》を合《あ》わせれば、怖《こわ》いものなんてないよ！」

カービィは、自信《じしん》たっぷりに答《こた》えた。

ジャハルビートは、心配《しんぱい》でたまらない表情《ひょうじょう》で言《い》った。

「……うん、カービィたちの強《つよ》さはよく知《し》ってる。でもね、ボクら下《した》っぱ兵士《へいし》の間《あいだ》で、ささやかれているウワサがあったんだ」

「ウワサ？」

「魔神官様《ましんかんさま》の儀式《ぎしき》が成功《せいこう》したとき、とてつもないことが起《お》きる……って」

ジャハルビートは、ブルッとふるえた。

「それがどんなことなのかは、だれも知《し》らなかったけど、下《した》っぱ兵士《へいし》たちは、みんな興奮《こうふん》してたよ。きっと、とてつもなくステキなことが起《お》きて、ボクらはみんなしあわせになれるんだって信《しん》じてた。でも……」

これまで、魔神官《ましんかん》や三魔官《さんまかん》を、なんの疑問《ぎもん》も持《も》たずに信《しん》じ続《つづ》けてきたジャハルビートのこころに、変化《へんか》が起《お》きていた。

生《う》まれて初《はじ》めて、友《とも》だちができて、かたくなだったこころが少《すこ》しずつ開《ひら》き始《はじ》めたのだ。

魔神官《ましんかん》は、ほんとうに正《ただ》しいのか。

みんなのこころを邪悪《じゃあく》にそめてしまう、ジャマハートのかけら。そんな物《もの》を集《あつ》めておこなわれる儀式《ぎしき》が、ほんとうに、しあわせをもたらしてくれるのか。

ジャハルビートのこころの中《なか》で、うたがいがどんどん大《おお》きくなっているのだった。

メタナイトは、苦《くる》しそうなジャハルビートをじっと見《み》つめて、言《い》った。

「君《きみ》の忠告《ちゅうこく》は、こころにとめておこう。魔神官《ましんかん》のたくらみを確《たし》かめ、それが邪悪《じゃあく》なものであった時《とき》は、必《かなら》ず食《く》い止《と》める」

「……はい」

ジャハルビートはしっかりうなずき、カービィに向《む》き直《なお》った。

「それじゃ、ボクを吸《す》いこんで、カービィ」

「うん！」

カービィは口《くち》を開《あ》け、大《おお》きく息《いき》を吸《す》いこんだ。

ジャハルビートは、カービィの口《くち》の中《なか》へ。

たちまち、スティックのコピー能力《のうりょく》が発動《はつどう》。カービィは、金《きん》の輪《わ》を頭《あたま》にはめ、長《なが》い棒《ぼう》を手《て》にした姿《すがた》になった。

カービィは、棒《ぼう》をかざして、神殿《しんでん》の外《そと》に走《はし》り出《で》た。

「来《き》て、ワープスター！」

カービィの声《こえ》にこたえて、黄色《きいろ》い星《ほし》が飛《と》んできた。

メタナイトは、小《ちい》さな通信機《つうしんき》を取《と》り出《だ》して言《い》った。

「旅立《たびだ》つ前《まえ》に、私《わたし》の部下《ぶか》たちに、状況《じょうきょう》を伝《つた》えておく。バーニンレオ、君《きみ》を戦艦《せんかん》ハルバードに乗《の》せて、プププランドに送《おく》り届《とど》けるよう指示《しじ》しておこう」

「おっ、ほんとか。ありがてえ！」

バーニンレオは、ニコニコ顔《がお》になった。

「カービィたちが帰《かえ》ってくるまで、この星《ほし》で待《ま》ってなきゃいけないのかと思《おも》って、うんざりしてたんだ。オレは一足先《ひとあしさき》にプププランドに戻《もど》ってるぜ……っと、その前《まえ》に」

バーニンレオは、カービィに言《い》った。

「その棒《ぼう》に、オレの炎《ほのお》の力《ちから》をあたえてやるよ」

「うん！　おねがい、バーニンレオ」

カービィがかかげた棒《ぼう》に、バーニンレオは炎《ほのお》を吹《ふ》きつけた。

棒《ぼう》は、まっかな光《ひかり》を帯《お》び、両端《りょうはし》から炎《ほのお》をふき上《あ》げた。

「**メラーガスティック！**」

カービィは、棒《ぼう》を振《ふ》り回《まわ》して叫《さけ》んだ。

メタナイトが言《い》った。

「二つのコピー能力《のうりょく》が合体《がったい》した……？　カービィ、そんなことができるのか」

「うん、フレンズ能力《のうりょく》だよ。スティックとファイアが合《あ》わさって、パワーアップしたんだ。

メタナイトとデデデ大王《だいおう》も、やってごらんよ」

「私《わたし》の剣《けん》にも、ファイアの力《ちから》を付《つ》けられるのか？」

メタナイトは、半信半疑《はんしんはんぎ》で宝剣《ほうけん》ギャラクシアを抜《ぬ》いた。

「行《い》くぜっ！」

バーニンレオが、いきおいよく炎《ほのお》を吹《ふ》きつける。

宝剣《ほうけん》ギャラクシアはまばゆい光《ひかり》を放《はな》ち、火《ひ》の粉《こ》を振《ふ》りまいた。

「ほう……これは、おどろいた。宝剣《ほうけん》ギャラクシアの力《ちから》が強《つよ》まったのを感《かん》じるぞ」

それを聞《き》いたデデデ大王《だいおう》は、手《て》にしたハンマーをバーニンレオに突《つ》きつけた。

「オレ様《さま》にもだ！」

「はいよっ！」

バーニンレオは火《ひ》を吹《ふ》いた。

大王《だいおう》のハンマーも炎《ほのお》につつまれ、攻撃力《こうげきりょく》アップ！

デデデ大王《だいおう》はハンマーを軽《かる》く振《ふ》り、ごきげんな顔《かお》になった。

「フム、こいつはいいな。このかがやき、この熱《あつ》さ！　オレ様《さま》にふさわしいわい」

バーニンレオは、大王《だいおう》の後《うし》ろにひかえているワドルディにも声《こえ》をかけた。

「ワドルディ、おまえ、いつのまにそんな武器《ぶき》を手《て》に入《い》れたんだよ？」

「え？　あ、このヤリは……」

ワドルディは、あつかいなれないヤリを、不器用《ぶきよう》にかかげてみせた。

「神殿《しんでん》で襲《おそ》われた時《とき》に、敵《てき》からうばったんだよ」

「へえ！　やるじゃねえか。なら、そのヤリにもファイアの力《ちから》を付《つ》けてやるよ！」

「え!?　う、ううん、いいよ。ぼくは、ヤリを持《も》つだけでせいいっぱいなんだ。ファイアが付《つ》いたら、やけどしちゃう」

正直《しょうじき》に告白《こくはく》したワドルディに、バーニンレオは大笑《おおわら》い。

「あはは、だらしねえなあ！　おまえも、オレといっしょにプププランドに戻《もど》ったほうがいいんじゃねえか？　ついて行《い》っても、役《やく》に立《た》たねえだろ？」

ワドルディが答《こた》えるより早《はや》く、デデデ大王《だいおう》が言《い》った。

「キサマの意見《いけん》なんぞ、聞《き》いておらんわい。ワドルディはオレ様《さま》の部下《ぶか》だぞ。オレ様《さま》の行《い》くところなら、どこへでもついてくるのが当然《とうぜん》だ」

「は、はいっ！」

ワドルディは、キリッとしてうなずいた。

かんしゃく持《も》ちで、ひとづかいの荒《あら》い大王《だいおう》だけれど、ワドルディはだれよりも尊敬《そんけい》している。大王《だいおう》を支《ささ》える力《ちから》になれるのは、ワドルディにとって、うれしいことだった。

カービィたち四人《にん》は、いよいよワープスターに乗《の》りこんだ。

「じゃ、行《い》くよ！　しゅっぱーつ！」

「がんばれよ！　応援《おうえん》してるぜ――！」

バーニンレオが手《て》を振《ふ》った。

四人《にん》を乗《の》せたワープスターは小惑星《しょうわくせい》メラーガをはなれ、いよいよ、銀河《ぎんが》のはてをめざして旅立《たびだ》った。

6 銀河《ぎんが》のはて、神降衛星《じんこうえいせい》エンデ

大魔星《だいませい》マジュハルガロア――。

それは、銀河《ぎんが》のはてに浮《う》かぶ巨大要塞《きょだいようさい》。

その一室《いっしつ》で、フラン・キッスとフラン・ルージュが、ザン・パルルティザーヌの帰《かえ》りを待《ま》っていた。

「……遅《おそ》いですわね」

フラン・キッスは、しょげた顔《かお》でため息《いき》をついた。

「きっと、きびしいおしかりを受《う》けているのでしょうね……しくじったのは、ワタクシなのに……」

「キッスのせいじゃないわ」

フラン・ルージュがなぐさめた。

「アタシだって、うらぎり者《もの》をとらえることができなかった。ずんぐりピンクを、いいところまで追《お》いつめたのに……ジャマが入《はい》ってしまって！」

フラン・ルージュは、デデ大王《だいおう》のことを思《おも》い出《だ》して、くやしげに声《こえ》をふるわせた。

今《いま》、ザン・パルルティザーヌは、マジュハルガロアをはなれて、神降衛星《じんこうえいせい》エンデにおもむいている。

そこで儀式《ぎしき》の準備《じゅんび》を進《すす》めている魔神官《ましんかん》に、任務《にんむ》の失敗《しっぱい》を報告《ほうこく》するためだ。

フラン・キッスは、小声《こごえ》で言《い》った。

「ザン・パルルティザーヌ様《さま》は、だいじょうぶでしょうか……」

「だいじょうぶよ。ザン・パルルティザーヌは、だれよりも忠実《ちゅうじつ》な部下《ぶか》なんだから。あの方《かた》だって、それはよくご存《ぞん》じ……」

そのときだった。

ドアが開《ひら》き、ザン・パルルティザーヌが入《はい》ってきた。

「お帰《かえ》りなさい、ザン・パルル……」

ホッとして声《こえ》をかけたフラン・キッスは、息《いき》をのんだ。

フラン・ルージュが、顔色《かおいろ》を変《か》えて、ザン・パルルティザーヌに駆《か》けよった。

「どうしたの、その顔《かお》！　まさか、ぶたれたの……!?」

ザン・パルルティザーヌの美《うつく》しい顔《かお》が、赤《あか》くはれていた。

「だいじょうぶだ。たいしたことはない」

ザン・パルルティザーヌは、平然《へいぜん》と言《い》った。

けれど、フラン・キッスとフラン・ルージュは、オロオロしてザン・パルルティザーヌを気《き》づかった。

「うらぎり者《もの》をとらえられなかったから？　それで、そんな仕打《しう》ちを……？」

「アタシたちのせいで……」

「さわぐな。たいしたことはないと言《い》っているだろう」

しかりつけたザン・パルルティザーヌに、フラン・ルージュは、思《おも》いつめたように言《い》った。

「ねえ……最近《さいきん》のあの方《かた》は、やっぱり少《すこ》しヘンじゃないかな？」

「ルージュさん……」

フラン・キッスが止《と》めようとしたが、フラン・ルージュはこらえきれなくなったように続《つづ》けた。

「昔《むかし》から、きびしい方《かた》だったけど、こんな乱暴《らんぼう》なことはしなかったじゃない。儀式《ぎしき》が失敗《しっぱい》して、いらだっているのはわかるけど、だからって……」

「フラン・ルージュッ！」

ザン・パルルティザーヌは、けわしい声《こえ》でどなりつけた。

フラン・ルージュは口《くち》をつぐみ、うなだれた。

ザン・パルルティザーヌは、冷《つめ》たい目《め》でフラン・ルージュをにらみ、続《つづ》けた。

「あの方《かた》を悪《わる》く言《い》う者《もの》は、このザン・パルルティザーヌが許《ゆる》さない。たとえおまえでも、ようしゃはしないぞ！」

「ごめんなさい、ザン・パルルティザーヌ様《さま》」

あやまったのは、フラン・キッスだった。

「ルージュさんは、本気《ほんき》で言《い》ったのではありませんわ。ただ、アナタがおしおきを受《う》けたと知《し》って、うろたえてしまっただけ……」

「おまえたち、よもや、わすれたわけではあるまいな。あの方《かた》のご恩《おん》を」

ザン・パルルティザーヌの怒《いか》りはおさまらない。

フラン・キッスとフラン・ルージュは、急《いそ》いでうなずいた。

「もちろんですとも」

「わすれるわけないわ」

「――あの方《かた》がひろってくださらなければ、わたしたちはどうなっていたことか」

ザン・パルルティザーヌは、遠《とお》い思《おも》い出《で》を呼《よ》び起《お》こすように、目《め》を閉《と》じた。

「食《た》べる物《もの》も、雨風《あめかぜ》をしのぐ場所《ばしょ》もなく、ふるえていた幼《おさな》いわたしたちを――あの方《かた》はひろい、育《そだ》ててくださったのだぞ」

フラン・キッスとフラン・ルージュは、言葉《ことば》もなく、うなずいた。

「あの方《かた》と出会《であ》わなければ、わたしたちは、今《いま》ごろ――」

「もちろん、わすれたことなんてありませんわ。一瞬《いっしゅん》たりとも！」

フラン・キッスが叫《さけ》んだ。

フラン・ルージュも言《い》った。

「今《いま》、こうしていられるのは、すべてあの方《かた》のおかげ！」

ザン・パルルティザーヌは、ようやく表情《ひょうじょう》をやわらげた。

「そう、その気持《きも》ちをわすれてはならないぞ」

「はい……！」

「あの方《かた》は、守《まも》りを固《かた》めよとおっしゃった」

ザン・パルルティザーヌは、ふたたびけわしい顔《かお》になって、言《い》った。

「うらぎり者《もの》の口《くち》から、神降衛星《じんこうえいせい》エンデのことが、明《あ》かされてしまったかもしれない。敵《てき》の襲撃《しゅうげき》にそなえよ、とのご命令《めいれい》だ」

「はい！」

「決《けっ》して、ジャマはさせない」

ザン・パルルティザーヌは、はるかな敵《てき》をにらみつけるように、顔《かお》を上《あ》げた。

「われら三魔官《さんまかん》は、必《かなら》ず、あの方《かた》の――ハイネス様《さま》の敵《てき》を倒《たお》す！　この身《み》にかえても！」

「この身《み》にかえても！」

フラン・キッスとフラン・ルージュも声《こえ》を合《あ》わせ、力強《ちからづよ》くうなずいた。


ワープスターは、これまでにカービィたちがおとずれたこともない、遠《とお》い遠《とお》い銀河《ぎんが》のはてをめざしていた。

暗黒《あんこく》の宇宙《うちゅう》を飛《と》び続《つづ》けるうちに、たいくつになったデデ大王《だいおう》が、あくびまじりに言《い》った。

「ふぁぁ……まだ見《み》えないのか、神降衛星《じんこうえいせい》とやらは」

「もう少《すこ》しだと思《おも》うよ」

答《こた》えたのは、カービィ。

もちろん、カービィは神降衛星《じんこうえいせい》エンデの位置《いち》を知《し》らないが、コピー能力《のうりょく》となったジャハルビートの感覚《かんかく》がなんとなく伝《つた》わってくる……ような気《き》がする。

「こんな銀河《ぎんが》のはてのド田舎《いなか》に基地《きち》を造《つく》るなんて、物好《ものず》きなヤツがいたものだわい」

「――そこが気《き》になっているのだ」

メタナイトが言《い》った。

「このような辺境《へんきょう》に、ひそかに衛星《えいせい》を造《つく》り上《あ》げるとは、とてつもない技術《ぎじゅつ》の高《たか》さだ。魔神《ましん》官《かん》とは、いったい何者《なにもの》なのか……」

「じまんの戦艦《せんかん》ハルバードでも、調査《ちょうさ》できんのか」

「私《わたし》の部下《ぶか》たちが、総力《そうりょく》をあげて取《と》り組《く》んでいるのだが、敵《てき》は用心深《ようじんぶか》い。なかなか、しっぽをつかませんのだ」

「フン、役《やく》に立《た》たん連中《れんちゅう》だわい」

そのとき、カービィが声《こえ》を上《あ》げた。

「見《み》えてきた！　あれが、神降衛星《じんこうえいせい》エンデ！　魔神官《ましんかん》がいる場所《ばしょ》だよ！」

ワープスターが突《つ》き進《すす》む先《さき》に、かすかな光《ひかり》がまたたいていた。

デデデ大王《だいおう》は、身《み》を乗《の》り出《だ》して叫《さけ》んだ。

「よし、ついに決戦《けっせん》だな！　オレ様《さま》にまかせろ～！」

「わわっ、あぶないです、大王様《だいおうさま》！　そんなに乗《の》り出《だ》したら、落《お》ちちゃいます！」

ワドルディがあわてて、デデ大王《だいおう》のガウンをつかまえた。

「とつげき〜！」

カービィの声《こえ》を聞《き》き届《とど》けたように、ワープスターは速度《そくど》を上《あ》げていった。


神降衛星《じんこうえいせい》エンデは、まがまがしい赤《あか》い光《ひかり》に満《み》たされていた。

ワープスターは、攻撃《こうげき》を受《う》けることもなく、静《しず》かに着陸《ちゃくりく》した。

ワープスターから飛《と》び下《お》りたデデ大王《だいおう》は、ハンマーをかまえて、油断《ゆだん》なくあたりを見《み》回《まわ》した。

「静《しず》かだな。オレ様《さま》たちが侵入《しんにゅう》したことに、気《き》づいていないのか？　まぬけなヤツらだわい」

「このような辺境《へんきょう》まで攻《せ》めてくる敵《てき》がいるとは、思《おも》ってもいないのだろうな。だから、防《ぼう》衛《えい》システムが手薄《てうす》なのだろう……」

そのとき、頭上《ずじょう》で、ガタンッと大《おお》きな音《おと》がした。

カービィたちは、音《おと》のした方向《ほうこう》を見上《みあ》げた。

巨大《きょだい》な石《いし》のブロックが、いくつも空中《くうちゅう》を移動《いどう》している。先《さき》へ進《すす》むには、動《うご》くブロックに飛《と》び乗《の》って行《い》くしかなさそうだ。

手《て》ごわいしかけだった。ブロック同士《どうし》がギリギリの距離《きょり》ですれちがったり、急《きゅう》に逆方向《ぎゃくほうこう》に動《うご》いたりして、足場《あしば》が不安定《ふあんてい》だ。うっかりすると、ブロックにはさまれ、押《お》しつぶされてしまうだろう。

デデデ大王《だいおう》が、ジロリとメタナイトをにらんで言《い》った。

「防衛《ぼうえい》システムが手薄《てうす》……だと？」

「すまない。その言葉《ことば》は取《と》り消《け》す」

カービィが叫《さけ》んだ。

「へーきへーき！　すばやく飛《と》び移《うつ》れば、怖《こわ》くないよ！」

カービィは棒《ぼう》を床《ゆか》に突《つ》いて、その反動《はんどう》で飛《と》び上《あ》がり、近《ちか》づいてくるブロックに乗《の》った。

ワドルディが心配《しんぱい》そうな声《こえ》を上《あ》げた。

「あぶないよ。気《き》をつけて、カービィ……」

「だいじょーぶ！　みんなも、おいでよ」

「むむむ……負《ま》けてはいられんわい！」

デデデ大王《だいおう》は、ライバル心《しん》を刺激《しげき》されて、ブロックに飛《と》び乗《の》った。メタナイトとワドルディも、二人《ふたり》に続《つづ》いた。

「待《ま》て、カービィ。リーダーはオレ様《さま》だぞ。オレ様《さま》より先《さき》に行《い》くな！」

「負《ま》けないよーだ！」

カービィとデデデ大王《だいおう》は、競《きそ》い合《あ》ってブロックを飛《と》び移《うつ》っていく。

すると――突然《とつぜん》、上《うえ》からバラバラと、兵士《へいし》たちが飛《と》び下《お》りてきた。

「……え？」

ふいをつかれて、カービィもデデデ大王《だいおう》も、立《た》ちすくんだ。

兵士《へいし》たちは、訓練《くんれん》された動《うご》きで棒《ぼう》をかまえ、いっせいに二人《ふたり》に襲《おそ》いかかってきた。

「わわわ――っ!?」

カービィたちは、あわてて飛《と》び下《さ》がろうとしたが、すかさずワドルディが叫《さけ》んだ。

「後《うし》ろに気《き》をつけて！」

すぐ背後《はいご》に、石《いし》のブロックがせまっていた。

カービィとデデデ大王《だいおう》は、とっさに向《む》きを変《か》え、左右《さゆう》のブロックに飛《と》び移《うつ》った。

危機《きき》いっぱつ。ワドルディの声《こえ》がなければ、二人《ふたり》とも巨大《きょだい》なブロックにつぶされるところだった。

デデデ大王《だいおう》は、ギリギリと歯《は》を鳴《な》らし、うめき声《ごえ》を上《あ》げた。

「なんだ、こいつらは……！」

ハンマーを振《ふ》り上《あ》げ、襲《おそ》いかかってくる兵士《へいし》たちを、片《かた》っぱしからなぎ払《はら》う。

何人《なんにん》かの兵士《へいし》は吹《ふ》っ飛《と》ばされ、床《ゆか》に転《ころ》げ落《お》ちていった。

が、他《ほか》の兵士《へいし》たちは怖《おそ》れる様子《ようす》もなく、次々《つぎつぎ》に飛《と》びかかってくる。

カービィとワドルディは、息《いき》をのんだ。

兵士《へいし》たちは、みんな、友《とも》だちのジャハルビートにそっくりだった。

けれど、みんな目《め》はギラギラしているが、表情《ひょうじょう》はうつろだ。こころをもたないキカイのように。

初《はじ》めて戦《たたか》った時《とき》のジャハルビートも、こんな感《かん》じだった……とカービィは思《おも》い出《だ》した。

「ジャハルビートと同《おな》じ……？　あ、だったら……」

この兵士《へいし》たちにも、フレンズハートをぶつけたら、友《とも》だちになれるかもしれない。

カービィはそう思《おも》いついて、両手《りょうて》をかかげてみた。

しかし、ハートが出現《しゅつげん》する前《まえ》に、兵士《へいし》たちがどっと押《お》しよせてきた。

カービィめがけて、いっせいに棒《ぼう》が突《つ》き出《だ》される。

「うわああ！」

ハートを出《だ》すひまなんて、なかった。カービィはあわてて、となりのブロックに飛《と》び移《うつ》った。

メタナイトが、火《ひ》の粉《こ》を吹《ふ》き上《あ》げる宝剣《ほうけん》ギャラクシアで、敵《てき》を切《き》り払《はら》いながら叫《さけ》んだ。

「カービィ、迷《まよ》いは無用《むよう》だ！　道《みち》を切《き》り開《ひら》いて、前《まえ》へ進《すす》め！」

「う……うん！」

ジャハルビートに似《に》た兵士《へいし》たちと戦《たたか》うのは、気《き》が進《すす》まなかったが、こうなってはしかたがない。

カービィはメラーガスティックを振《ふ》り回《まわ》し、むらがってくる兵士《へいし》たちを追《お》い散《ち》らした。

戦《たたか》いに気《き》を取《と》られると、どうしても、周囲《しゅうい》が見《み》えなくなる。せまりくるブロックに、押《お》しつぶされそうになってしまう。

それをカバーしてくれたのは、ワドルディだった。

カービィのすぐ後《あと》に続《つづ》いたワドルディは、あたりを見回《みまわ》し、複雑《ふくざつ》に動《うご》くブロックを確《たし》かめながら声《こえ》を上《あ》げた。

「右上《みぎうえ》からブロックがくるよ！　あれに飛《と》び乗《の》ったら、すぐ左《ひだり》に飛《と》んで！」

「わかった！」

ワドルディの指示《しじ》をたよりに、息《いき》つくひまもなく、流《なが》れてくるブロックへ飛《と》び移《うつ》る。

背後《はいご》にせまる兵士《へいし》たちは、メタナイトとデデデ大王《だいおう》が追《お》い払《はら》った。

はてしなく押《お》しよせてくるかに思《おも》えた兵士《へいし》たちを、四人《にん》の連《れん》けいプレイで撃退《げきたい》し、ブロックを伝《つた》って進《すす》み続《つづ》けていくと——。

ついに、カービィたちは、神降衛星《じんこうえいせい》エンデのいちばん深《ふか》い場所《ばしょ》にたどりついた。

複雑《ふくざつ》なもようが描《えが》かれた床《ゆか》の奥《おく》に、長《なが》い階段《かいだん》が続《つづ》いている。

階段《かいだん》の上《うえ》の祭壇《さいだん》にまつられているのは、巨大《きょだい》なハートの形《かたち》をした器《うつわ》だった。

器《うつわ》の中身《なかみ》は、どくどくしい光《ひかり》を放《はな》つ、むらさき色《いろ》の物質《ぶっしつ》。銀河《ぎんが》じゅうに飛《と》び散《ち》ったジャマハートのかけらが、ここに注《そそ》ぎこまれているのだ。

器《うつわ》は満《み》たされかけているが、まだほんの少《すこ》し、満杯《まんぱい》には足《た》りていない。

カービィは祭壇《さいだん》に駆《か》けよろうとしたが、メタナイトが止《と》めた。

「待《ま》て、カービィ。あれを見《み》ろ」

メタナイトが示《しめ》した先《さき》に、ローブをまとった何者《なにもの》かがいた。

階段《かいだん》の上段《じょうだん》に立《た》ち、両手《りょうて》を上《あ》げて、器《うつわ》にいのりをささげている。カービィたちがあらわれたことにも、まるで気《き》づいていないようだ。

「あれが、魔神官《ましんかん》……？」

カービィは、身《み》がまえながら、階段《かいだん》に近《ちか》づこうとした。

——と、そこへ。

「とまれ、ずんぐりピンク！」

するどい声《こえ》がひびいた。

カービィたちの前《まえ》に立《た》ちはだかったのは、黄色《きいろ》い髪《かみ》と、イナズマのようなひとみを持《も》つ、美《うつく》しい女性《じょせい》だった。

「むむ……？　なんだ、アイツは……？」

デデデ大王《だいおう》のつぶやきに、カービィが答《こた》えた。

「三魔官《さんまかん》のリーダーだよ！　名前《なまえ》は、えーと……えーと……ザン……ザン……」

「たしか、ザン・パル……パルル……パルルルルーヌ……じゃなかったかな……？」

ワドルディが、自信《じしん》なさそうに言《い》った。

ザン・パルルティザーヌは、怒《いか》りのこもった目《め》でカービィたちを見下《みお》ろした。

「あのジャマハルダから生還《せいかん》し、この神降衛星《じんこうえいせい》エンデにまでたどりつくとはな。しぶとさだけは、みとめてやろう……だが、神聖《しんせい》なるハイネス様《さま》のいのりは……」

ザン・パルルティザーヌは巨大《きょだい》なヤリをぬき、カービィに突《つ》きつけた。

「だれにも、ジャマさせないっ！」

カービィたちも、いっせいに武器《ぶき》をかまえた。

デデデ大王《だいおう》が、ザン・パルルティザーヌをにらみつけて言《い》った。

「アイツが、プププランドをめちゃくちゃにした悪党《あくとう》か。許《ゆる》さん！」

メタナイトも、はげしい闘志《とうし》をこめて言《い》った。

「私《わたし》の自由《じゆう》をうばい、名誉《めいよ》を傷《きず》つけた罪《つみ》は重《おも》いぞ。たっぷり後悔《こうかい》させてやろう！」

カービィはメラーガスティックをかざし、まっさきに飛《と》びかかっていった。

「はあああ！」

ザン・パルルティザーヌはすばやく攻撃《こうげき》をかわし、ヤリを高《たか》くかかげた。

ヤリの先《さき》から、カミナリのような電光《でんこう》がほとばしる。

「食《く》らえ、**ライトニングレモネイド・ターン！**」

ザン・パルルティィザーヌの頭上《ずじょう》に、むくむくと雷雲《らいうん》がわき起《お》こった。

次々《つぎつぎ》にイナズマが光《ひか》り、カミナリが落《お》ちてくる。

カービィとメタナイトとワドルディは、あわててカミナリをかわした。が、からだの大《おお》きなデデ大王《だいおう》はよけきれない。


「ぎゃああ!」


カミナリに打《う》たれ、感電《かんでん》してひっくり返《かえ》ってしまった。

カービィは、暗黒要塞《あんこくようさい》ジャマハルダでの戦《たたか》いを思《おも》い出《だ》した。

「そうだ、ザン・パルル……パルルなんとかは、水《みず》に弱《よわ》いんだ! 水《みず》を浴《あ》びると、自分《じぶん》の電気《でんき》で感電《かんでん》しちゃうんだった……!」

けれど、今《いま》、カービィたちの武器《ぶき》に付《つ》けられている属性《ぞくせい》は、火《ひ》。

ファイアではなく、ウォーターのコピー能力《のうりょく》を付《つ》けてくるんだった……と気《き》づいたけれど、もうおそい。

以前《いぜん》と同《おな》じ手《て》は使《つか》えない。となれば、真《ま》っ向《こう》から勝負《しょうぶ》をいどむしかない。

「行《い》くよー!」

カービィはメラーガスティックを振《ふ》り回《まわ》し、ザン・パルルティザーヌに飛《と》びかかった。

「フッ」

ザン・パルルティザーヌはすばやく移動《いどう》し、ヤリを構《かま》えた。

「**ザン・サウザンド！**」

電光《でんこう》を放《はな》つヤリを突《つ》き出《だ》し、カービィめがけて突進《とっしん》してくる。

カービィは飛《と》び上《あ》がり、攻撃《こうげき》をかわした。

そのすきに、メタナイトがザン・パルルティザーヌの後《うし》ろに回《まわ》りこみ、宝剣《ほうけん》ギャラクシアを振《ふ》り上《あ》げた。

しかし、ザン・パルルティザーヌは振《ふ》り返《かえ》りもせずに、長《なが》いヤリをくるりと回転《かいてん》させて背後《はいご》に一撃《いちげき》。

以前《いぜん》の戦《たたか》いでも見《み》せたワザだった。ザン・パルルティザーヌのとぎすまされた五感《ごかん》は、背後《はいご》にせまる敵《てき》をも、しっかりとらえているのだ。

「なん……だと……!?」

不意打《ふいう》ちを食《く》らわせたつもりが、逆《ぎゃく》に食《く》らってしまい、メタナイトはあわてた。

ヤリの直撃《ちょくげき》はかろうじてよけたが、ほとばしる電光《でんこう》はよけきれない。感電《かんでん》し、倒《たお》れてしまった。

デデデ大王《だいおう》とメタナイトが、そろってダウン。

カービィは空中《くうちゅう》でメラーガスティックを振《ふ》り回《まわ》したが、ザン・パルルティィザーヌにはなかなか届《とど》かない。へたに棒《ぼう》を突《つ》き出《だ》せば、電光《でんこう》にふれて、感電《かんでん》してしまう。

「ここまでだ、ずんぐりピンク！」

ザン・パルルティィザーヌは勝《か》ちほこって叫《さけ》んだ。

彼女《かのじょ》の目《め》には、もはやカービィしか映《うつ》っていない。もう一人《ひとり》、敵《てき》が残《のこ》っていることを、完全《かんぜん》にわすれていた。

無視《むし》されているのは、もちろん、ワドルディ。

戦《たたか》いからはなれたところで、ガタガタふるえているワドルディなど、ザン・パルルティィザーヌの眼中《がんちゅう》にあるはずがなかった。

ワドルディは、ふるえながら思《おも》った。

「このままじゃ、カービィがやられちゃう。助《たす》けなきゃ……！」

と言《い》っても、ワドルディには戦《たたか》う力《ちから》はない。

できることといえば……。

「なんとかして、大王様《だいおうさま》とメタナイト様《さま》を復活《ふっかつ》させるんだ！」

ワドルディは、まずデデデ大王《だいおう》に駆《か》けよった。

「大王様《だいおうさま》、大王様《だいおうさま》！　しっかりしてください！」

声《こえ》をかけても、デデデ大王《だいおう》はピクリとも動《うご》かない。

手当《てあ》てをする道具《どうぐ》も、方法《ほうほう》もない。

「どうしよう。大王様《だいおうさま》の目《め》をさまさせるには……さまさせるには……！」

必死《ひっし》に考《かんが》えるうちに――パッと、あるアイデアがひらめいた。

けれど、ワドルディはためらった。

「ダメだ、大王様《だいおうさま》、きっとカンカンになっちゃう……でも……でも……」

他《ほか》に、方法《ほうほう》はなさそうだった。

「ごめんなさい、大王様《だいおうさま》！」

ワドルディは思《おも》いきってヤリをかまえ、大王《だいおう》のおしりをツンツンつついた。

しかし、その程度《ていど》の刺激《しげき》では、大王《だいおう》は目覚《めざ》めない。

ワドルディは目《め》をつぶって、思《おも》いっきりヤリを突《つ》き出《だ》した。

「やあっ！」

大王《だいおう》のおしりに、チクリとヤリが突《つ》き刺《さ》さった。

「ぎゃあああ〜〜〜!!」

さすがのデデデ大王《だいおう》も、悲鳴《ひめい》を上《あ》げて飛《と》び起《お》きた。

「いたたた！　痛《いた》いわいっ！　だれだ、オレ様《さま》を突《つ》き刺《さ》したのは！」

デデデ大王《だいおう》は怒《いか》りに燃《も》える目《め》であたりを見回《みまわ》した。

ワドルディは、小《ちい》さくちぢこまって言《い》った。

「ご、ご、ごめんなさい、大王様《だいおうさま》……！」

「そこをどけ、ワドルディ！　アイツめ……ザン、ザン……パルルなんとかめ……！」

デデデ大王《だいおう》は目《め》を血走《ちばし》らせ、ハンマーをにぎりしめて、ザン・パルルティザーヌに向《む》かっていった。

「大王様《だいおうさま》、誤解《ごかい》してるみたいだ……そうだ、次《つぎ》はメタナイト様《さま》を！」

ワドルディはメタナイトに駆《か》けよった。

「ごめんなさい、メタナイト様《さま》！」

こわごわ突《つ》き刺《さ》してみると、メタナイトはビクッとして飛《と》び起《お》きた。

「くっ……！」

「メタナイト様《さま》、ごめんなさ……」

あやまろうとしたワドルディだが、メタナイトは聞《き》こうともせず、宝剣《ほうけん》ギャラクシアに手《て》をかけた。

「私《わたし》としたことが、油断《ゆだん》した！　今《いま》のは、手《て》だれの一突《ひとつ》き！　さすがだな……ザン……パルル……！」

メタナイトも、ザン・パルルティザーヌめがけて走《はし》り出《だ》していった。

ワドルディは、ホッとした。

「よかった。ぼくにできることは、あとは、おいのりするだけ！」

ワドルディは、戦《たたか》いのゆくえを見守《みまも》った。

カービィとザン・パルルティザーヌの戦《たたか》いは続《つづ》いている。

カービィは、追《お》いつめられていた。

ザン・パルルティザーヌは、ジャマハルダで戦《たたか》った時《とき》よりも、さらにパワーアップしているようだった。

電気《でんき》を帯《お》びたヤリをくり出《だ》しながら、何《なに》かに取《と》りつかれたように、ブツブツつぶやいている。

「ジャマはさせない……ぜったいに……ハイネス様《さま》のために！」

魔神官《ましんかん》に対《たい》する忠誠心《ちゅうせいしん》が、ザン・パルルティザーヌをより強《つよ》くしているのだ。

カービィは、続《つづ》けざまに落《お》ちてくるカミナリをかわしながら飛《と》び上《あ》がり、はげしく棒《ぼう》を振《ふ》り回《まわ》した。

「**たかとびざつぎ！**」

しかし、その動《うご》きは、ザン・パルルティザーヌにはお見通《みとお》し。

「フッ！　そんな雑技《ざつぎ》など、わたしには通用《つうよう》しない！」

電光石火《でんこうせっか》、ヤリをはね上《あ》げる。

カービィの棒《ぼう》は、はじき飛《と》ばされてしまった。

「あっ……！」

「とどめだ、ずんぐりピンク！」

しかし、そのとき、ザン・パルルティザーヌの背後《はいご》に、すばやく動《うご》く影《かげ》がせまっていた。

ザン・パルルティザーヌの美《うつく》しい顔《かお》に、余裕《よゆう》のほほえみが浮《う》かんだ。

「何度《なんど》も同《おな》じことをさせるな！」

振《ふ》り向《む》きもせず、背後《はいご》に一突《ひとつ》き！

「ぐわあああ！」

ザン・パルルティザーヌの背《せ》に襲《おそ》いかかろうとしていたデデデ大王《だいおう》は、ヤリの雷撃《らいげき》を食《く》らって、ふたたびひっくり返《かえ》った。

しかし。

すかさず、デデデ大王《だいおう》の後《うし》ろから、もう一つの影《かげ》が飛《と》び出《だ》した。

メタナイトだ。宝剣《ほうけん》ギャラクシアを振《ふ》りかざし、ザン・パルルティザーヌにこんしんの一撃《いちげき》！

この二段攻撃《だんこうげき》は、さすがのザン・パルルティザーヌにも読《よ》み切《き》れなかった。

宝剣《ほうけん》ギャラクシアは、炎《ほのお》の属性《ぞくせい》をあたえられて、攻撃力《こうげきりょく》が増《ま》している。その一撃《いちげき》をまともに食《く》らっては、ひとたまりもない。

ザン・パルルティザーヌはヤリを取《と》り落《お》とし、床《ゆか》にくずおれた。

彼女《かのじょ》の口《くち》から、弱々《よわよわ》しい悲鳴《ひめい》がもれた。

「あ……あぁ……ハ、ハイネス……さ……まぁ……」

そのときだった。

戦《たたか》いにいっさいかまわず、一心《いっしん》にいのりを捧《ささ》げていたローブの男《おとこ》が、やっと振《ふ》り返《かえ》った。

7 黒幕《くろまく》あらわる!!

「ンジャ?」

魔神官《ましんかん》ハイネスは、聞《き》き取《と》りづらい声《こえ》を上《あ》げた。

その顔《かお》は、深《ふか》くかぶったフードに隠《かく》され、ほとんど見《み》えない。

カービィたちは、武器《ぶき》をかまえて、ハイネスをにらみつけた。

デデデ大王《だいおう》が起《お》き上《あ》がって、ささやいた。

「アイツが、黒幕《くろまく》なのか?　そうは見《み》えんな……」

大王《だいおう》の言《い》うとおり。

なぞの組織《そしき》を率《ひき》いて、ポップスターばかりか全銀河《ぜんぎんが》を揺《ゆ》るがす大事件《だいじけん》を起《お》こした魔神官《ましんかん》ハイネス。そのすがたは、意外《いがい》にも小《こ》がらだった。

「な～にやら　さわがしいですねぇ～」

みょうに間延《まの》びした声《こえ》で言《い》い、魔神官《ましんかん》ハイネスは階段《かいだん》をゆっくり下《お》りてきた。

そして、倒《たお》れているザン・パルルティザーヌに気《き》づくと、迷惑《めいわく》そうに言《い》った。

「えっとぉ～……アナタ、ジャマですぅ」

ハイネスは手《て》を振《ふ》り上《あ》げ、むぞうさに、ザン・パルルティザーヌをなぐり飛《と》ばした。

ザン・パルルティザーヌは声《こえ》もなくふっ飛《と》ばされ、動《うご》かなくなった。

カービィは、目《め》をみはった。

あれほど熱烈《ねつれつ》に、魔神官《ましんかん》に忠誠《ちゅうせい》をささげていたザン・パルルティザーヌを――まるで、ゴミのようにあつかうなんて。

一見《いっけん》、なんの力《ちから》もなさそうな平凡《へいぼん》な外見《がいけん》だけに、ハイネスのふるまいは恐《おそ》ろしかった。

「さてぇ～……われらがカミのぉ～……ふっかつにはぁエネルギーがぁ～……」

どこか、ふざけているようにも聞《き》こえる、のんきな声《こえ》だった。

「ま～だぁ～……たりないようですねぇ～……」

ハイネスは、ゆらゆらと左右《さゆう》に揺《ゆ》れながら続《つづ》けた。

「これはもう、われわれはぁ～……ホロビのみちをぉ～……たどるしかぁ～……なぁいので～……しょ～かぁ～～～～？」

ゆっくりと言《い》い終《お》えた瞬間《しゅんかん》、ハイネスの様子《ようす》が変《か》わった。

「**いなっ！　いなあっ！**」

甲高《かんだか》い声《こえ》が、さらに一オクターブ、はね上《あ》がる。

「**いなっいなっいなっ！　いなイナいなイナいなイナいなイナいなイナいなイナいな……ゼッタァ～イ、い～～～～～～～～～～～～なぁっ！！！！**」

びっくりして後《あと》じさったカービィたちの前《まえ》で、ハイネスは頭《あたま》をガクガクとゆらしながら、恐《おそ》ろしい早口《はやくち》でわめき立《た》てた。

「ぎんがのはてにおいやられたまりょくをつかさどるわれらいちぞくのひがんおまえなぞにこのせきねんのおもいのとうとさがわかるのかいやわかるはずがないだんじてないないないないな……！」

一瞬《いっしゅん》の切《き》れ目《め》もない。カービィたちには、ほとんど聞《き》き取《と》れなかった。

「……何《なに》を言《い》ってるんだ、アイツは？」

デデデ大王《だいおう》が首《くび》をかしげた時《とき》には、もうハイネスの言葉《ことば》はクライマックスをむかえていた。

「ついにいだいなるカミがたんじょうするときがきたのだあたんじょうするぞうたんじょうするぞぉ～はっぴぃーばーすで～いあらたなるれきしよぉじだいよおはっぴぃーばーすで～いいだいなるカミよおおぉぉぉぉぉぉぉぉぉぉおおおおおっ！！！！」

始《はじ》まった時《とき》と同《おな》じく、とうとつに、ハイネスの叫《さけ》びは終《お》わった。

息《いき》もつかずにまくし立《た》てたため、呼吸困難《こきゅうこんなん》におちいったらしい。

「ゼェ……ハァ……ゼェ……ハァ……………」

苦《くる》しそうにあえいで、なんとか呼吸《こきゅう》をととのえ、ハイネスは続《つづ》けた。

「と、いうわけでしてぇ～……復活《ふっかつ》の儀式《ぎしき》をジャマした、だ～れかさんにはぁ～……みころの、ま～まにぃ～……」

ハイネスは両手《りょうて》を高《たか》く上《あ》げ、笑《わら》い声《ごえ》とも叫《さけ》び声《ごえ》ともつかない、おかしな声《こえ》を発《はっ》した。


「しんで、もらいますです！」


その手《て》の先《さき》から、真《ま》っ黒《くろ》な魔力球《まりょくきゅう》が飛《と》び出《だ》した。

ハイネスが手《て》を振《ふ》り下《お》ろすと、魔力球《まりょくきゅう》はカービィめがけて飛《と》んできた。

カービィはすばやく球《たま》をよけて飛《と》び上《あ》がり、ハイネスをにらみつけた。

ザン・パルルティザーヌに対《たい》するむごい仕打《しう》ちが、カービィの怒《いか》りに火《ひ》をつけていた。

三魔官《さんまかん》はにくい敵《てき》だけれど、だからと言《い》って、許《ゆる》せることではなかった。

部下《ぶか》のこころを踏《ふ》みにじり、ゴミのようにあつかうなんて。

「このぉぉぉ！　食《く》らえ、**つくつくぼう！**」

メラーガスティックを振《ふ》り上《あ》げ、目《め》にもとまらぬスピードで、めった打《う》ち！

「ンギャッ⁉」

メラーガスティックの乱打《らんだ》を受《う》けたハイネスは、なさけない声《こえ》を上《あ》げて、よろめいた。

デデデ大王《だいおう》が、ハンマーを振《ふ》り上《あ》げた。

「まだまだだ！　オレ様《さま》の怒《いか》りは、こんなものではおさまらんぞ！」

ありったけの力《ちから》をこめて、かいしんの**ジャイアントデデデスイング！**

「ンギャー！」

ハイネスの顔《かお》をかくしていたフードがはずれ、ふっ飛《と》んでいった。

ハイネスはとっさに両手《りょうて》を上《あ》げ、そでで顔《かお》をかくして、ガクガクとふるえ出《だ》した。

ワドルディが、あきれて言《い》った。

「え？　もう終《お》わり？　弱《よわ》いなあ……ほんとに、これが魔神官《ましんかん》……？」

「こいつが弱《よわ》いのではないっ！　オレ様《さま》が強《つよ》すぎるのだ！」

デデデ大王《だいおう》はハンマーを床《ゆか》について、ふんぞり返《かえ》った。

メタナイトが言《い》った。

「油断《ゆだん》するな。弱《よわ》ったふりをして、何《なに》かたくらんでいるかもしれん」

カービィたちは、慎重《しんちょう》にハイネスを取《と》り囲《かこ》んだ。

ハイネスは、顔《かお》をかくしたまま、苦《くる》しげなうめき声《ごえ》を上《あ》げていた。

「ヴ……ヴ…………ヴッ！」

一声《ひとこえ》ごとに、声《こえ》がうわずっていく。

そして、ついに耐《た》えきれなくなったように、ハイネスは両腕《りょううで》を下《お》ろして絶叫《ぜっきょう》した。

「**ヴンギャマエヴィティィリゴッポコポオオオ――ッ！**」

カービィたちは、反射的《はんしゃてき》に飛《と》びすさった。

あらわになったハイネスの素顔《すがお》は、あまりにも、みにくかった。

肌《はだ》は青色《あおいろ》で、ぽってりと大《おお》きな鼻《はな》が、顔《かお》のほとんどを占領《せんりょう》している。二つの目《め》は、今《いま》にもこぼれ落《お》ちそうなほど飛《と》び出《だ》しており、焦点《しょうてん》が定《さだ》まっていなかった。

ハイネスは頭《あたま》を振《ふ》っておどり回《まわ》り、おたけびを上《あ》げ続《つづ》けた。

「な、なんだ、コイツは……!?」

異様《いよう》な敵《てき》の姿《すがた》に、デデデ大王《だいおう》は武器《ぶき》をかまえることもわすれて、たじたじ。

ハイネスは金切《かなき》り声《ごえ》を上《あ》げ、何《なに》かを呼《よ》ぶようにのけぞって両手《りょうて》を上《あ》げた。

すると――気《き》を失《うしな》って倒《たお》れていたザン・パルルティザーヌのからだが、ゆらりと宙《ちゅう》に浮《う》いた。

と同時《どうじ》に、空中《くうちゅう》に二つの人影《ひとかげ》があらわれた。

フラン・キッスとフラン・ルージュだ。

メタナイトが叫《さけ》んだ。

「三魔官《さんまかん》を呼《よ》びよせたか。みな、気《き》をつけろ！」

しかし――。

様子《ようす》がおかしかった。
三魔官《さんまかん》は、だらりと手《て》を下《お》ろし、動《うご》かずにいる。三人《にん》とも、意識《いしき》がないようだ。
ハイネスは、感《かん》きわまった声《こえ》を上《あ》げ、両手《りょうて》をぐるぐる振《ふ》り回《まわ》した。
たちまち、三魔官《さんまかん》の肌《はだ》が、どす黒《ぐろ》く変色《へんしょく》していく。
かわりに、弱《よわ》りきっていたハイネスのからだが、急速《きゅうそく》に力《ちから》を取《と》り戻《もど》し始《はじ》めた。
メタナイトが、声《こえ》をふるわせて、うめいた。
「なんということだ……あいつは、部下《ぶか》の生気《せいき》を吸《す》い取《と》っている……!?」

カービィは、ぼうぜんとして叫《さけ》んだ。

「フラン・キッス！　フラン・ルージュ！　ザン……パルル！」

もはや、彼女《かのじょ》たちの干《ひ》からびた耳《みみ》には、いかなる声《こえ》も届《とど》かなかった。

ハイネスは、完全《かんぜん》に復活《ふっかつ》をはたした。

いや、以前《いぜん》よりも、はるかに強《つよ》い力《ちから》を得《え》て、楽《たの》しげな声《こえ》を上《あ》げていた。

「シャアアアア！」

ハイネスはフラン・キッスを片手《かたて》でつかむと、カービィたちめがけて、思《おも》いっきり投《な》げつけた。

生気《せいき》を吸《す》い取《と》られ、黒《くろ》ずんだ人形《にんぎょう》と化《か》したフラン・キッスが飛《と》んでくる。

カービィたちは、飛《と》びのいてかわした。

フラン・キッスは頭《あたま》から床《ゆか》にめりこみ、あたり一面《いちめん》に氷《こおり》の結晶《けっしょう》をまき散《ち》らした。

メタナイトは宝剣《ほうけん》ギャラクシアをかまえ、すさまじい怒《いか》りをこめて叫《さけ》んだ。

「これほど……これほどまでに忌《い》まわしい敵《てき》には、いまだかつて会《あ》ったことがない。きさまだけは、ぜったいに、許《ゆる》せん！」

「先《さき》に言《い》うな！　今《いま》、オレ様《さま》も同《おな》じことを言《い》おうとしていたんだぞ」

デデデ大王《だいおう》は、メタナイトをどなりつけた。

メタナイトもデデデ大王《だいおう》も、部下《ぶか》にはきびしい態度《たいど》を取《と》るが、こころの底《そこ》では彼《かれ》らを何《なに》よりたいせつに思《おも》っている。

部下《ぶか》を道具《どうぐ》のように利用《りよう》するハイネスの戦法《せんぽう》は、二人《ふたり》にとって、ぜったいに許《ゆる》せないものだった。

ハイネスは、ますます調子《ちょうし》づいて、三魔官《さんまかん》を投《な》げつけてくる。

「イヒィイイイ――――！　アシャアアアア――――！」

フラン・ルージュ、続《つづ》いてザン・パルルティザーヌが宙《ちゅう》を飛《と》び、床《ゆか》に突《つ》き刺《さ》さった。

カービィは、床《ゆか》をけった。

にぎりしめたメラーガスティックには、ジャハルビートの思《おも》いが宿《やど》っている。

ジャハルビートや、彼《かれ》の仲間《なかま》の兵士《へいし》たちが信《しん》じ続《つづ》けてきた、魔神官《ましんかん》ハイネス。

その正体《しょうたい》が、こんなにも残酷《ざんこく》で、ひれつだったなんて。

「はぁぁぁぁ――――――！」

カービィは、からだが熱《あつ》くなるほどの怒《いか》りをこめて、メラーガスティックを振《ふ》り下《お》ろした。

「ンギャアアア！」

ハイネスはのけぞり、床《ゆか》に刺《さ》さっているザン・パルルティザーヌを引《ひ》き抜《ぬ》いた。

「アギャ！　ハァアギャアアア！」

ザン・パルルティザーヌを、バットのように振《ふ》り回《まわ》し、カービィに襲《おそ》いかかる。

カービィはすばやくかわし、メラーガスティックを突《つ》き出《だ》した。

ハイネスはザン・パルルティザーヌを盾《たて》にして、攻撃《こうげき》をふせいだ。

息《いき》をつめて見守《みまも》っていたワドルディは、ぽろりと涙《なみだ》をこぼした。

「やめて……もうやめて……パルルが、かわいそうだよっ！」

デデデ大王《だいおう》が、ハンマーをかまえて、おどり上《あ》がった。

「下《さ》がれ、ワドルディ。コイツの息《いき》の根《ね》は、オレ様《さま》がとめてやるわいっ！」

ハイネスに、全力《ぜんりょく》の一撃《いちげき》を叩《たた》きこむ。

盾《たて》の防御《ぼうぎょ》は、間《ま》に合《あ》わなかった。

ハイネスはひっくり返《かえ》り、金切《かなき》り声《ごえ》でわめき立《た》てた。

「ンギョアアアハアアアア――――ッ！」

メタナイトが叫《さけ》んだ。

「気《き》をつけろ！　くるぞ！」

ハイネスは、予想外《よそうがい》の動《うご》きを見《み》せた。

床《ゆか》に刺《さ》さったままのフラン・キッス、フラン・ルージュを次々《つぎつぎ》に引《ひ》き抜《ぬ》くと、金切《かなき》り声《ごえ》を上《あ》げながら手《て》を振《ふ》り回《まわ》す。

三魔官《さんまかん》と、ハイネス。四人《にん》がつらなって輪《わ》になり、高速《こうそく》で転《ころ》がり始《はじ》めた。

「え……ええ!?」

カービィはびっくりして、飛《と》び上《あ》がった。

ハイネスと三魔官《さんまかん》の大車輪《だいしゃりん》は、床《ゆか》、壁《かべ》、天井《てんじょう》を猛《もう》スピードで転《ころ》がり回《まわ》る。

メタナイトもデデデ大王《だいおう》もワドルディも、次々《つぎつぎ》にはじき飛《と》ばされてしまった。

カービィは、身軽《みがる》に飛《と》び回《まわ》って大車輪《だいしゃりん》をよけながら、声《こえ》を張《は》り上《あ》げた。

「ぼくが、食《く》い止《と》めるよ！　そのスキに……お願《ねが》い！」

カービィはメラーガスティックをにぎりしめ、大車輪《だいしゃりん》を追《お》って猛《もう》ダッシュ。

「えーい！　**にょいぼうばんり！**」

棒《ぼう》の先端《せんたん》が、ハイネスの頭《あたま》にヒットした。

「ンギャァ!?」

大車輪《だいしゃりん》は形《かたち》をくずし、ハイネスはひっくり返《かえ》った。

　ハイネスはあわてて三魔官《さんまかん》をひっつかみ、投《な》げつけようとしたが――。

「その手《て》はもう、食《く》わんわい！」

「これが、とどめだ！」

　デデデ大王《だいおう》のハンマーと、メタナイトの宝《ほう》剣《けん》ギャラクシアが、左右《さゆう》からハイネスに襲《おそ》いかかった。

「ヒィィイハァァァァァ――ッ！」

ハイネスは、もんどり打《う》って倒《たお》れた。

「よーし！」

「今度《こんど》こそ、しとめたぞ」

「これで、ポップスターに帰《かえ》れるね！」

ホッとしたのは、つかのまのこと。

カービィは、ワドルディが倒《たお》れたままでいるのに気《き》づいて、あわてて駆《か》けよった。

「ワドルディ！　だいじょーぶ？」

ワドルディはぐったりして、動《うご》かない。カービィは心配《しんぱい》になって、ワドルディの手《て》をにぎった。

デデデ大王《だいおう》とメタナイトも近《ちか》づいてきて、かわるがわるワドルディの顔《かお》をのぞきこんだ。

「どうした！　だいじょうぶか、ワドルディ！」

「気《き》を失《うしな》っているだけだろう。そっとしておいたほうがいい」

みんなが、ワドルディに気《き》を取《と》られている間《あいだ》に――。

ハイネスが、よろめきながら立《た》ち上《あ》がっていた。

「お、お、おのれぇ～い……」

ハイネスは、小《ちい》さな声《こえ》でブツブツ言《い》いながら、階段《かいだん》に向《む》かって歩《ある》き始《はじ》めた。

「ま、まさかこのハイネス様《さま》がぁ～……やぶれるとはぁ～……」

ハイネスは、息《いき》もたえだえだった。足《あし》も、ふらついている。

けれど、飛《と》び出《だ》した目《め》は、ただならぬ光《ひかり》をたたえていた。

「イケニエ～ぇぇ……イケニエさえぇぇ～あればぁ～……」

ハイネスは階段《かいだん》のいちばん上《うえ》にたどりつき、そこにまつられているハートの器《うつわ》を見上《みあ》げた。

邪悪《じゃあく》なる物質《ぶっしつ》、ジャマハートによって、ほとんど満《み》たされかけた器《うつわ》。

満杯《まんぱい》までは、あと、ほんの少《すこ》し——。

「ならば、どうするぅ～……？　しれたことぉ～……」

ハイネスは手《て》を上《あ》げた。

「最高《さいこう》の魔力《まりょく》を持《も》ったぁ～……ものたちをぉぉぉぉ～……」

倒《たお》れていた三魔官《さんまかん》が、宙《ちゅう》に浮《う》かび上《あ》がった。

メタナイトが気《き》づいて、振《ふ》り返《かえ》った。

「まずい！　ヤツは、まだ何《なに》かたくらんでいる……!?」

メタナイトが宝剣《ほうけん》ギャラクシアを抜《ぬ》くと同時《どうじ》に、ハイネスは三魔官《さんまかん》を祭壇《さいだん》に投《な》げ入《い》れた。

「ホイッ！　ホイッ！　ホイッ！」

三魔官《さんまかん》たちは次々《つぎつぎ》に、器《うつわ》に吸《す》いこまれて姿《すがた》を消《け》した。

ハイネスは、うかれた声《こえ》で叫《さけ》んだ。

「そしてかくなるはぁ～……この、わが身《み》をもぉ～……破壊《はかい》のカミへぇ～……ささぐ～

……！」

「待《ま》て！」

カービィたちは、駆《か》けつけようとしたが、おそかった。

「さぁぁ……よみがえってくださいよぉぉ……っ」

ハイネスはのけぞり、両手《りょうて》を高々《たかだか》とかかげて絶叫《ぜっきょう》した。

「われらがカミぃぃ……**破神《はじん》エンデ・ニル!!**」

ハイネスは階段《かいだん》をけって飛《と》び上《あ》がり、頭《あたま》から、器《うつわ》へ飛《と》びこんでいった。

彼《かれ》を飲《の》みこんだ瞬間《しゅんかん》、器《うつわ》はついに満《み》たされた。

神降衛星《じんこうえいせい》エンデは、大激震《だいげきしん》にみまわれた。

「わ……わああああっ!?」

カービィたちは、突然《とつぜん》のゆれに、右往左往《うおうさおう》。

満《み》ちた器《うつわ》はふくれ上《あ》がり、力《ちから》をもてあましたように転《ころ》げ回《まわ》った。

「あ……あれは……!?」

「まずい！　止《と》めなければ！」

メタナイトが飛《と》び上《あ》がったが、間《ま》に合《あ》わない。

耳《みみ》をつんざくような爆音《ばくおん》がひびきわたり、祭壇《さいだん》がくだけ散《ち》った。

邪悪《じゃあく》な力《ちから》をたっぷり取《と》りこみ、ついに封印《ふういん》を破《やぶ》った「神《かみ》」が、のたうち回《まわ》りながら飛《と》び出《だ》してきた。

それは、空気《くうき》をふるわせて絶叫《ぜっきょう》しながら、大《おお》きくはね上《あ》がった。

「え……えええええ!?」

カービィが声《こえ》を上《あ》げた時《とき》には、もう、目覚《めざ》めた何者《なにもの》かは姿《すがた》を消《け》していた。


デデデ大王《だいおう》が、ゴクリとつばを飲《の》みこんだ。

「な……何《なに》が起《お》きたんだ。アイツはいったい何《なに》をした？　三魔官《さんまかん》はどこへ消《き》えた……？」

「部下《ぶか》とおのれの身《み》をイケニエとし、儀式《ぎしき》を完成《かんせい》させたのだ」

メタナイトは、あせりをにじませた声《こえ》で言《い》った。

「破神《はじん》エンデ・ニル、とか言《い》っていたな。どのような者《もの》かはわからないが、とにかくハイネスは目的《もくてき》を達成《たっせい》した。ヤツが神《かみ》と呼《よ》ぶ存在《そんざい》を、よみがえらせたのだ」

「どうする……？」

「追《お》うしかない」

メタナイトは、デデデ大王《だいおう》とカービィを見《み》た。

「ハイネスが信《しん》じる神《かみ》など、まともであるはずがない。阻止《そし》しなければ、銀河《ぎんが》が危機《きき》におちいる！」

デデデ大王《だいおう》が言《い》った。

「行《い》こう。カービィ、早《はや》く、黄色《きいろ》い星《ほし》を呼《よ》べ！」

「待《ま》って。ワドルディが……」

カービィは、ワドルディを振《ふ》り返《かえ》った。

ワドルディは、ようやく意識《いしき》を取《と》り戻《もど》しかけていた。

カービィは、ゆっくり起《お》き上《あ》がろうとするワドルディを支《ささ》え、声《こえ》をかけた。

「だいじょーぶ？」

「あ……カービィ。アイツは……ハイネスは……？」

「ジャマハートの器《うつわ》に飛《と》びこんで、消《き》えちゃったんだ。それで、えーと、えーと……くわしい話《はなし》は、あと！　とにかく、追《お》いかけなくちゃ。ワドルディ、立《た》てる？」

「うん。もう、だいじょうぶだよ」

ワドルディはカービィの手《て》につかまって、立《た》ち上《あ》がった。

そのときだった。

上《うえ》から、大《おお》きな円形《えんけい》の台《だい》のような物《もの》が降《ふ》ってきた。

「わあっ!?」

カービィとワドルディは、あわてて飛《と》びのいた。

それは、神聖《しんせい》なかがやきを放《はな》つ、丸《まる》いステージだった。

台座《だいざ》には、なぞめいたもようが刻《きざ》まれている。カービィが言《い》った。

「あれ？　このもよう、どこかで見《み》たことがあるよ……？」

「これ、ジャマハルダにあったステージと同《おな》じだよ！」

ワドルディが思《おも》い出《だ》して叫《さけ》んだ。

ザン・パルルティザーヌによって破壊《はかい》された、暗黒要塞《あんこくようさい》ジャマハルダ。くずれゆく要塞《ようさい》から逃《に》げるとき、カービィたちを救《すく》ってくれたのが、これとよく似《に》たステージだった。

カービィも思《おも》い出《だ》して、ステージに飛《と》び乗《の》ってみた。

「ほんとだ、あの時《とき》と同《おな》じだね。みんなも、乗《の》って！」

「カービィ、遊《あそ》んでいる場合《ばあい》ではないぞ」

メタナイトが、あきれたように言《い》った。

デデデ大王《だいおう》も、顔《かお》をしかめてうなずいた。

「ステージなんぞに乗《の》って、何《なに》をする気《き》だ。まさか、コンサートか？　ゼッタイにやめろ。おまえの歌《うた》を聞《き》いたら、耳《みみ》がおかしくなるわい！」

「ちがうよ！　ここに乗《の》ると、ジェットコースターみたいな乗《の》り物《もの》があらわれて……いいから、とにかく乗《の》って！」

せきたてられて、メタナイトもデデデ大王《だいおう》も、うたがわしそうな顔《かお》をしながらステージに乗《の》った。

最後《さいご》にワドルディが飛《と》び乗《の》ったとたん、ステージはかがやきを強《つよ》め、パッとはじけるように消滅《しょうめつ》した。

かわりに出現《しゅつげん》したのは、長《なが》く尾《お》を引《ひ》く、星形《ほしがた》の乗《の》り物《もの》。

「わっ!?　なんだ、これは!?」

デデデ大王《だいおう》は、おどろいて飛《と》び上《あ》がった。

カービィが言《い》った。

「やっぱり、あの時《とき》と同《おな》じだ。これに乗《の》れば、あいつを追《お》いかけられるよ……」

そのときだった。

破壊《はかい》された祭壇《さいだん》のまわりから、キラキラした物《もの》が飛《と》び出《だ》してきた。

ピンク色《いろ》にかがやく、美《うつく》しい結晶《けっしょう》のようだ。

それらは、明《あか》るい光《ひかり》を放《はな》ちながら、星形《ほしがた》の乗《の》り物《もの》のまわりに集《あつ》まってきた。

カービィが声《こえ》を上《あ》げた。

「あれ？　なんだろう、これ。この光《ひかり》は……まるで……」

カービィのからだから、同《おな》じかがやきを持《も》つ小《ちい》さなかけらが、いくつも飛《と》び出《だ》してきた。

ワドルディは、目《め》を丸《まる》くした。

「あ、フレンズハート……どうして、フレンズハートと同《おな》じ物《もの》が、ここに……？」

ピンク色《いろ》の結晶《けっしょう》は、飛《と》び回《まわ》りながらしだいに集《あつ》まり、細長《ほそなが》いかたまりを作《つく》った。

あらわれたのは、四本《ほん》のピンク色《いろ》のヤリだ。

デデデ大王《だいおう》は、身《み》がまえて叫《さけ》んだ。

「なんだ、これは？　オレ様《さま》たちを狙《ねら》っているのか……!?」

「ううん、ちがうよ」

カービィが言《い》った。

「フレンズハートは、みんなをやさしいこころにする力《ちから》を持《も》ってるんだ。どうして、ここにフレンズハートと同《おな》じかけらがあったのかわからないけど、悪《わる》い物《もの》じゃないよ」

ヤリは、カービィたちを囲《かこ》むように、回転《かいてん》し始《はじ》めた。

ヤリの動《うご》きを目《め》で追《お》っていたメタナイトは、何《なに》かに気《き》づいたようにつぶやいた。

「む……？　これは……もしや……」

「なんだ。何《なに》か知《し》っているのか、メタナイト」

「私《わたし》の部下《ぶか》たちの調査報告書《ちょうさほうこくしょ》を思《おも》い出《だ》したのだ。これは、きっと……」

突然《とつぜん》、四本《ほん》のヤリはかがやきを強《つよ》め、カービィたちを乗《の》せた星形《ほしがた》の乗《の》り物《もの》に吸《す》いこまれるように消《き》えてしまった。

とたんに、星《ほし》はかがやきを増《ま》し、宙《ちゅう》に浮《う》かび上《あ》がった。

「わわっ!?　なんだ……!?」

あわてふためくデデデ大王《だいおう》に、カービィが叫《さけ》んだ。

「動《うご》き出《だ》すよ！　しっかり、つかまってて！　行《い》くよ——！」

カービィを先頭《せんとう》に、デデデ大王《だいおう》、ワドルディ、メタナイトが一列《れつ》に並《なら》ぶ。

どこからか、ハートの形《かたち》をしたゴーグルが下《お》りてきて、カービィの顔《かお》にぴったりとはまった。

準備完了《じゅんびかんりょう》。星《ほし》は、すべるように動《うご》き出《だ》した。

祭壇《さいだん》を飛《と》び越《こ》え、神降衛星《じんこうえいせい》エンデをはなれて、はてしない宇宙《うちゅう》へ。

七色《なないろ》の尾《お》を引《ひ》きながら、ぐんぐん速度《そくど》を上《あ》げて、破神《はじん》エンデ・ニルを追《お》う。

メタナイトは、確信《かくしん》をこめて叫《さけ》んだ。

「やはり、思《おも》ったとおりだ。これは、伝説《でんせつ》の秘宝《ひほう》——**ティンクルスターアライズ**にちがいない！」

8 きらめきの勇者《ゆうしゃ》たち

きらめく星々《ほしぼし》の海《うみ》を、ティンクルスターアライズは突《つ》き進《すす》んでゆく。

流《なが》れ星《ぼし》をも追《お》い越《こ》すほどのスピードで。

デデデ大王《だいおう》がわめいた。

「ティンクルスターアライズだと!? なんだ、それは！ オレ様《さま》にわかるように説明《せつめい》しろ！」

「と言《い》われても、私《わたし》にもくわしいことはわからないのだが」

メタナイトは、落《お》ち着《つ》きはらって言《い》った。

「実《じつ》は、私《わたし》の優秀《ゆうしゅう》な部下《ぶか》たちがジャマハートのかけらについて調査《ちょうさ》するうちに、ある言《い》い伝《つた》えを探《さぐ》り当《あ》てたのだ」

「言《い》い伝《つた》えだと？」

「うむ。ジャマハートが、みなのこころを闇《やみ》にそめる力《ちから》を持《も》つことは、君《きみ》たちもよく知《し》っているだろう」

「君《きみ》たちどころか、おまえだって、ジャマハートのせいで暴《あば》れ回《まわ》っていたそうじゃないか」

デデデ大王《だいおう》につっこまれたが、メタナイトはさらりと無視《むし》した。

「ジャマハートは、はるかな昔《むかし》から存在《そんざい》し、さまざまな事件《じけん》を引《ひ》き起《お》こしてきたやっかいな物質《ぶっしつ》らしい。その痕跡《こんせき》は、多《おお》くの星《ほし》に、ほそぼそと言《い》い伝《つた》えられている。あやふやな伝《でん》説《せつ》ばかりで、はっきりしたことはわからんのだが――その中《なか》に、秘宝《ひほう》ティンクルスターアライズにまつわる物《もの》があったのだ」

「フム……？　いったい何《なん》なんだ、ティンクルスターアライズというのは」

「遠《とお》い昔《むかし》、ジャマハートをめぐって、大《おお》きなわざわいが起《お》きたことがあるという。そのとき、四人《にん》の英雄《えいゆう》が立《た》ち上《あ》がり、力《ちから》を合《あ》わせて、わざわいをしずめたのだ。英雄《えいゆう》たちを助《たす》けた伝説《でんせつ》の秘宝《ひほう》、それがティンクルスターアライズだ」

デデデ大王《だいおう》は、どろんとした目《め》でメタナイトを見《み》た。

「……あ？　意味《いみ》がわからんぞ」

「だから、言《い》っているだろう。私《わたし》にも、くわしいことはわからないのだと。だが、祭壇《さいだん》のまわりに散《ち》らばっていたピンク色《いろ》のかけらが、四本《ほん》のヤリの形《かたち》になったのを見《み》て、ピンときた。復活《ふっかつ》したエンデ・ニルをふたたび封《ふう》じるために、四人《にん》の英雄《えいゆう》たちが力《ちから》を貸《か》してくれたのだ」

「じゃ、フレンズハートは？」

カービィがたずねた。

「ヤリのかけらは、フレンズハートとそっくりだったよ。フレンズハートとヤリのかけらは、同《おな》じ物《もの》なの？」

「うむ」

メタナイトはうなずいた。

「カービィ、君《きみ》がフレンズハートを使《つか》えるようになったのは、ジャマハートがポップスターに降《ふ》り注《そそ》いできた日《ひ》から……だったな？」

「うん、そうだよ」

「これは私《わたし》の推測《すいそく》だが、ハイネスの儀式《ぎしき》の失敗《しっぱい》により、四本《ほん》のヤリがくだけ、封印《ふういん》がとけてしまったのだろう。そのために、ジャマハートとヤリのかけらが、同時《どうじ》に飛《と》び散《ち》ってしまったのだ」

ワドルディが言《い》った。

「そうか……カービィには、ジャマハートではなく、ヤリのかけらが降《ふ》り注《そそ》いだんですね。フレンズハートは、ヤリのかけらだったんだ！」

「うむ。カービィが神降衛星《じんこうえいせい》エンデをおとずれたことにより、散《ち》らばっていたヤリのかけらがそろい、再《ふたた》び力《ちから》を取《と》り戻《もど》したのだ。そして、眠《ねむ》っていた秘宝《ひほう》ティンクルスターアライズを覚醒《かくせい》させた。われわれ四人《にん》は、かつての英雄《えいゆう》たちと同《おな》じく、ティンクルスターアライズの力《ちから》を使《つか》ってエンデ・ニルを再《ふたた》び封《ふう》じねばならないのだ！」

メタナイトはかっこよく言《い》い切《き》ったが、デデデ大王《だいおう》はむくれ顔《がお》で言《い》った。

「おまえの話《はなし》は、まだるっこしくて、よくわからんわい。つまり、オレ様《さま》はププランドを守《まも》るために、この乗《の》り物《もの》を使《つか》って、エンデ・ニルとやらをぶっ飛《と》ばせば良《よ》いということだな？」

「……まあ、そういうことだ」

「だったら、最初《さいしょ》からそう言《い》え！　長《なが》ったらしい説明《せつめい》などいらん！」

そのとき、先頭《せんとう》のカービィが声《こえ》を上《あ》げた。

「追《お》いついた！　ほら、エンデ・ニルだよ！」

前方《ぜんぽう》に、むらさき色《いろ》のかたまりが見《み》えてきた。

神降衛星《じんこうえいせい》エンデの祭壇《さいだん》から飛《と》び出《だ》していった、あの物体《ぶったい》だ。

メタナイトが、満足《まんぞく》げに言《い》った。

「さすがは秘宝《ひほう》ティンクルスターアライズ。エンデ・ニルを、正確《せいかく》に追跡《ついせき》している。おそらく、四本《ほん》のヤリには、英雄《えいゆう》たちのたましいが宿《やど》っているのだろう。その闘志《とうし》が、今《いま》もなおエンデ・ニルを追《お》い続《つづ》けるのだ――」

「長《なが》ったらしい説明《せつめい》はいらんと言《い》ってるだろう！　とつげきだ～！」

むらさき色《いろ》のかたまりは、もがき苦《くる》しむように伸《の》びちぢみをくり返《かえ》しながら、とある星《ほし》に落《お》ちていった。

カービィたちを乗《の》せたティンクルスターアライズも、距離《きょり》をつめながら追《お》いかける。

そこは、鏡《かがみ》のようになめらかな大地《だいち》を持《も》つ惑星《わくせい》だった。

むらさき色《いろ》のかたまりは、大地《だいち》に接《せっ》するやいなや、爆発的《ばくはつてき》にふくれ上《あ》がった。

轟音《ごうおん》を立《た》てて、黒《くろ》い炎《ほのお》がふき上《あ》がり、重《おも》たい煙《けむり》が大地《だいち》をはう。

ティンクルスターアライズは、少《すこ》しはなれた場所《ばしょ》に着地《ちゃくち》した。

轟音《ごうおん》と震動《しんどう》は、しばらく続《つづ》いた。

やがて、のたうつかたまりがようやく静《しず》まり、炎《ほのお》も煙《けむり》も晴《は》れたとき。

そこにあらわれたのは、息《いき》をのむほど巨大《きょだい》な怪物《かいぶつ》だった。

からだは黒《くろ》く、両腕《りょううで》が異様《いよう》なまでに大《おお》きい。それに比《くら》べて小《ちい》さな頭《あたま》には、二本《ほん》のツノがはえている。顔《かお》にあたる部分《ぶぶん》は、ハート形《がた》の仮面《かめん》でおおわれていた。

「あれが……破神《はじん》エンデ・ニル……！」

メタナイトが叫《さけ》ぶ。

デデデ大王《だいおう》は武者《むしゃ》ぶるいして、ティンクルスターアライズから飛《と》び下《お》りようとした。

「行《い》くぞ！　みんな、オレ様《さま》に続《つづ》け！」

「待《ま》て、デデデ大王《だいおう》」

メタナイトが止《と》めた。

「言《い》っただろう。エンデ・ニルを倒《たお》すには、秘宝《ひほう》の力《ちから》が必要《ひつよう》なのだ」

「む……？」

「下《お》りてはダメだ。ティンクルスターアライズに乗《の》ったまま、戦《たたか》うんだ」

「なんだと？　それでは、オレ様《さま》のハンマーが振《ふ》り回《まわ》せないじゃないか……！」

デデデ大王《だいおう》が不服《ふふく》そうに言《い》った瞬間《しゅんかん》。

エンデ・ニルは大《おお》きく吠《ほ》えて手《て》を振《ふ》り上《あ》げ、大地《だいち》にこぶしを打《う》ち下《お》ろした。

すさまじいパワーだった。衝撃《しょうげき》で大地《だいち》は波《なみ》打《う》ち、メリメリと音《おと》を立《た》てて割《わ》れた。

「わあああ！」

先頭《せんとう》に乗《の》りこんでいるカービィが、ティンクルスターアライズを大《おお》きくターンさせ、なんとか衝撃波《しょうげきは》をかわした。

デデデ大王《だいおう》は言葉《ことば》を失《うしな》い、目《め》をみはった。

メタナイトが言《い》った。

「……ハンマーで戦《たたか》える相手《あいて》ではあるまい」

「くっ……なんてバカヂカラだ！　あんなヤツに、どうやって立《た》ち向《む》かえばいいんだ!?」

「ティンクルスターアライズの力《ちから》を信《しん》じるのだ。カービィ……」

「うん！　やってみる！」

カービィは、破神《はじん》エンデ・ニルをにらみつけた。

エンデ・ニルの小《ちい》さな目《め》が、ティンクルスターアライズをとらえた。

四本《ほん》のヤリの力《ちから》を宿《やど》した、ティンクルスターアライズ。そのかがやきが、かつて、封印《ふういん》された時《とき》の記憶《きおく》を呼《よ》び覚《さ》ましたのだろうか。

エンデ・ニルは、からだをふるわせた。

その胸《むね》に、赤《あか》い目玉《めだま》があらわれた。

ワドルディが、ふるえる声《こえ》で叫《さけ》んだ。

「胸《むね》に、目《め》が……!? こっちを、にらんでる！」

メタナイトが言《い》った。

「おそらく、あれがヤツの力《ちから》のみなもとだ。カービィ、あの目玉《めだま》を狙《ねら》え！」

「わかった！」

カービィは、赤《あか》い目玉《めだま》をにらみ返《かえ》し、意識《いしき》を集中《しゅうちゅう》した。

少《すこ》しずつ、エネルギーが高《たか》まっていくのを感《かん》じる。

ティンクルスターアライズの先端《せんたん》から、いきおいよく星形弾《ほしがただん》が飛《と》び出《だ》した。

星形弾《ほしがただん》は赤《あか》い目玉《めだま》に命中《めいちゅう》。

目玉《めだま》は炎《ほのお》をふき上《あ》げ、消滅《しょうめつ》した。

「やったぁ！」

カービィたちは歓声《かんせい》を上《あ》げた。

エンデ・ニルはたけりくるい、その場《ば》でジャンプした。

着地《ちゃくち》の瞬間《しゅんかん》、またもや大地《だいち》が割《わ》れ、衝撃波《しょうげきは》がティンクルスターアライズに襲《おそ》いかかった。

「わわわっ」

カービィはあわてて、ティンクルスターアライズを回転《かいてん》させ、なんとか衝撃波《しょうげきは》をさけた。

ワドルディが叫《さけ》んだ。

「見《み》て、また、赤《あか》い目《め》があらわれたよ！」

今度《こんど》は、エンデ・ニルの右肩《みぎかた》に、さっきと同《おな》じ赤《あか》い目《め》がひらいていた。

カービィは、もう一度《いちど》、星形弾《ほしがただん》で攻撃《こうげき》しようとしたが、エンデ・ニルは続《つづ》けざまにジャンプし、衝撃波《しょうげきは》を放《はな》ってくる。回避《かいひ》し続《つづ》けなければ、あっというまにやられてしまう。

メタナイトが言《い》った。

「カービィ、攻撃《こうげき》に集中《しゅうちゅう》しろ」

「でも……！」

「回避《かいひ》は私《わたし》たちが引《ひ》き受《う》ける」

デデデ大王《だいおう》がどなった。

「回避《かいひ》？　どうやるんだ！　オレ様《さま》は、こんな乗《の》り物《もの》の動《うご》かし方《かた》など知《し》らんぞ！」

「意識《いしき》を集中《しゅうちゅう》するのだ。私《わたし》たちならやれる！」

カービィは、思《おも》いきって、回避《かいひ》のことを頭《あたま》から追《お》い出《だ》した。

星形弾《ほしがただん》を飛《と》ばすことだけに、意識《いしき》を向《む》ける。

エネルギーが高《たか》まっていく。星形弾《ほしがただん》が飛《と》び出《だ》すと同時《どうじ》に、エンデ・ニルがジャンプした。

大地《だいち》が割《わ》れ、衝撃波《しょうげきは》が襲《おそ》いかかる！

デデデ大王《だいおう》が、ヤケクソのように叫《さけ》んだ。

「ええええい！　右《みぎ》だー！　右《みぎ》によけろー！」

「はいっ、大王様《だいおうさま》！　右《みぎ》ですねっ！」

「右《みぎ》だな！」

ワドルディとメタナイトも、デデデ大王《だいおう》とこころを合《あ》わせた。

三人《にん》の思《おも》いを受《う》けて、ティンクルスターアライズは大《おお》きく右《みぎ》にうねり、衝撃波《しょうげきは》をみごとにかわした。

その間《あいだ》に、星形弾《ほしがただん》は、右肩《みぎかた》にひらいた赤《あか》い目《め》を破壊《はかい》していた。

エンデ・ニルはよろめき、すさまじい声《こえ》で吠《ほ》えた。

「よぉし！　成功《せいこう》だ！」

デデデ大王《だいおう》は気《き》を良《よ》くして、声《こえ》をはずませた。

「さすがはオレ様《さま》！　一発《いっぱつ》でコツをつかんだぞ。カービィ、どんどん星形弾《ほしがただん》を撃《う》て。ティンクルスターアライズの操縦《そうじゅう》は、オレ様《さま》にまかせておけ！」

「オレ様《さま》たち、でしょ。みんなでこころを一つにしなくちゃ！」

「フン！　わかっとるわい！」

エンデ・ニルの左肩《ひだりかた》に、また新《あら》たな赤《あか》い目《め》が生《しょう》じていた。

だが、もはやカービィに迷《まよ》いはない。

四人《にん》のこころを合《あ》わせれば、ティンクルスターアライズの力《ちから》を最大限《さいだいげん》まで引《ひ》き出《だ》すことができる。永《なが》い眠《ねむ》りからついに目覚《めざ》めた、秘宝《ひほう》の力《ちから》を。

ティンクルスターアライズは左右《さゆう》に飛《と》び回《まわ》り、あざやかに攻撃《こうげき》をかわしながら、星形弾《ほしがただん》を次々《つぎつぎ》に発射《はっしゃ》していく。

左肩《ひだりかた》の目《め》が破壊《はかい》されると、次《つぎ》は背中《せなか》に目《め》がひらいた。

デデデ大王《だいおう》が、うんざりしたように言《い》った。

「はぁ、こりんヤツだわい。いったい、いくつの目《め》があるんだ？」

エンデ・ニルはのけぞり、両腕《りょううで》を上《あ》げた。すると――腕《うで》の先端《せんたん》が、巨大《きょだい》な剣《けん》に変化《へんか》した。

剣身《けんしん》から、まっかな炎《ほのお》がふき上《あ》がる。

「う、うわっ!?　エンデ・ニルめ、あんな武器《ぶき》まで使《つか》うのか!?」

右腕《みぎうで》の剣《けん》が振《ふ》り下《お》ろされる。大地《だいち》から、炎《ほのお》の柱《はしら》がふき上《あ》がった。

続《つづ》いて、左《ひだり》。

かんぱつ入《い》れず、両腕《りょううで》を交差《こうさ》させて、同時《どうじ》に振《ふ》り下《お》ろす。

巨大《きょだい》な炎《ほのお》のクロスが襲《おそ》いかかってきた。

「うわああああああ！」

ワドルディが悲鳴《ひめい》を上《あ》げる。

ティンクルスターアライズは爆風《ばくふう》にもまれ、めちゃくちゃな乱高下《らんこうげ》をくり返《かえ》した。

それでもカービィは少《すこ》しもあわてず、ただひたすら、星形弾《ほしがただん》の攻撃《こうげき》に集中《しゅうちゅう》し続《つづ》けていた。

業炎《ごうえん》の熱気《ねっき》も、なんのその。

ティンクルスターアライズを——そして、仲間《なかま》たちを信《しん》じているから。

カービィは、ただまっすぐ、敵《てき》だけをにらんでいればよかった。

「行《い》くよ——！」

必殺《ひっさつ》の星形弾《ほしがただん》が、背中《せなか》の目《め》を破壊《はかい》した。

エンデ・ニルは両腕《りょううで》の剣《けん》を振《ふ》り回《まわ》し、怒号《どごう》した。

ハート形《がた》の仮面《かめん》の上部《じょうぶ》に、カッと赤《あか》い目《め》がひらいた。

デデデ大王《だいおう》は、足《あし》をバタバタさせて、かんしゃくを起《お》こした。

「まぁぁあだ、目《め》があるのか！　きりがないわい！」

しかし、カービィは手《て》ごたえを感《かん》じていた。

おそらく、これが最後《さいご》の目《め》だ。ティンクルスターアライズが、いっそう力《ちから》を強《つよ》め、とどめの一撃《いちげき》にそなえているのが伝《つた》わってくる。

エンデ・ニルは激《はげ》しく暴《あば》れ回《まわ》り、巨大《きょだい》な剣《けん》をたて続《つづ》けに振《ふ》り下《お》ろした。

ティンクルスターアライズは、必死《ひっし》に爆炎《ばくえん》をかわす。

カービィは、なかなか星形弾《ほしがただん》を撃《う》とうとしなかった。

デデデ大王《だいおう》が、業《ごう》を煮《に》やしたようにどなった。

「何《なに》をしてる、カービィ！　早《はや》く撃《う》て――――！」

カービィはこたえず、エンデ・ニルのひたいの赤《あか》い目《め》をにらみ続《つづ》けていた。

もう、これ以上《いじょう》は耐《た》えられないほど、ギリギリまで力《ちから》をためて、ためて、ためて――一《いっ》気《き》に解《と》き放《はな》つ！

「**はぁあああああ――――っ！**」

エンデ・ニルは、燃《も》え上《あ》がる剣《けん》を交差《こうさ》させた。

同時《どうじ》に、ティンクルスターアライズは、特大《とくだい》の星形弾《ほしがただん》を発射《はっしゃ》していた。

燃《も》え盛《さか》る炎《ほのお》のクロスが、襲《おそ》いかかる。

星形弾《ほしがただん》は、その炎《ほのお》を突《つ》っ切《き》って、エンデ・ニルのひたいの目《め》を撃《う》ちくだいた。


エンデ・ニルは、動《うご》きを止《と》めた。ハート形《がた》の仮面《かめん》が、くるりと一回転《かいてん》した。

デデデ大王《だいおう》が、息《いき》をのんでつぶやいた。

「やっつけた……のか？」

エンデ・ニルの巨体《きょたい》が、ぐらりと揺《ゆ》れた。

「わっ、倒《たお》れてきます！」

ワドルディが叫《さけ》んだ。ティンクルスターアライズは、あわててターン。

エンデ・ニルは、どぉっと音《おと》を立《た》てて、大地《だいち》に倒《たお》れふした。

「や……」

「やったぁぁ！」

カービィたちは大歓声《だいかんせい》。

カービィが、興奮《こうふん》して叫《さけ》んだ。

「エンデ・ニルを倒《たお》したよ！　これで、終《お》わりだね！　やっとププランドに帰《かえ》れるね！」

「ああ、オレ様《さま》の大《だい》かつやくで銀河《ぎんが》の危機《きき》を救《すく》ったと、みんなに話《はな》さねばな！」

そのとき、ワドルディがエンデ・ニルをさして、声《こえ》を上《あ》げた。

「あ……見《み》てください！　エンデ・ニルの仮面《かめん》が……」

大地《だいち》に横《よこ》たわったエンデ・ニル。

顔《かお》の部分《ぶぶん》をおおっていたハート形《がた》の仮面《かめん》が、はずれて転《ころ》げ落《お》ちた。

その下《した》には——何《なに》もなかった。

ただ、暗黒《あんこく》の空洞《くうどう》が口《くち》を開《あ》けているだけ。メタナイトがうめいた。

「な、なに……？」

そのときだった。

ティンクルスターアライズがガクンと大《おお》きくゆれ、カービィたちは宙《ちゅう》に放《ほう》り出《だ》された。

「うわあぁ!?」

仮面《かめん》の下《した》からあらわれた空洞《くうどう》が、あらゆる物《もの》を吸《す》いこみ始《はじ》めたのだ。

「ぐわわわぁぁ!?」

「た、たすけてーっ！」

四人《にん》は、悲鳴《ひめい》を上《あ》げながら、エンデ・ニルの体内《たいない》に吸《す》いこまれてしまった。

9 本当《ほんとう》の最後《さいご》の戦《たたか》い!!

赤《あか》いくだが、何本《なんぼん》も天井《てんじょう》から伸《の》びている。

その先端《せんたん》は、すべて、脈打《みゃくう》つ赤《あか》い球体《きゅうたい》につながっていた。

カービィは、よろよろしながら起《お》き上《あ》がった。

「こ……ここは……?」

メタナイト、デデデ大王《だいおう》、そしてワドルディも、からだを起《お》こした。

メタナイトが、赤《あか》い球体《きゅうたい》を見上《みあ》げて言《い》った。

「エンデ・ニルの体内《たいない》……ということは、あの赤《あか》い球《たま》はエンデ・ニルの心臓《しんぞう》か。赤《あか》いくだは、血管《けっかん》らしいな」

「うう……なんだ、それは。気味《きみ》が悪《わる》いわい……」

デデデ大王《だいおう》は、身《み》ぶるいして、顔《かお》をしかめた。

ワドルディは、大王《だいおう》のガウンのかげにかくれながら、おそるおそる天井《てんじょう》を見上《みあ》げた。

「あ……天井《てんじょう》から、何《なに》かがぶら下《さ》がっています。あれは……」

赤《あか》い球体《きゅうたい》のまわりに、黒《くろ》ずんだ物体《ぶったい》が四つ、並《なら》んでいた。

メタナイトが言《い》った。

「ハイネスと三魔官《さんまかん》だな。イケニエとなって、エンデ・ニルの体内《たいない》に取《と》りこまれたのだ」

デデデ大王《だいおう》は、うす気味悪《きみわる》そうに言《い》った。

「アイツら、無事《ぶじ》なのか？」

「さあ、わからん。彼《かれ》らのことより、まずは私《わたし》たちが、ここから脱出《だっしゅつ》しなくては……」

メタナイトが、足《あし》を進《すす》めようとした時《とき》だった。

赤《あか》い球体《きゅうたい》がうごめき、何《なに》かがこぼれ落《お》ちてきた。

黒《くろ》いひもがからみ合《あ》ったような、不気味《ぶきみ》な物体《ぶったい》だ。それはうごめきながら、ブツブツと言葉《ことば》のような音《おと》を発《はっ》し、消《き》えていった。

次々《つぎつぎ》に、同《おな》じような物体《ぶったい》が落《お》ちてくる。

それに交《ま》じって、赤《あか》い液体《えきたい》もポタポタとしたたり落《お》ちてきた。

「な……なんだ、これは！」

デデデ大王《だいおう》が、ぎょっとして叫《さけ》んだ。

メタナイトが言《い》った。

「気《き》をつけろ。触《ふ》れると、エンデ・ニルに取《と》りこまれるぞ！」

黒《くろ》い物体《ぶったい》は、なぞめいたささやきをまき散《ち》らしながら、次々《つぎつぎ》に落《お》ちてくる。

それは——呪《のろ》いだった。

憎悪《ぞうお》、執念《しゅうねん》、嫉妬《しっと》、欲望《よくぼう》。

ハイネスによって注《そそ》ぎこまれた闇《やみ》の力《ちから》が、ふつふつと煮《に》つまり、呪《のろ》わしいヒトリゴトとなってあふれ出《だ》している。

赤《あか》い液体《えきたい》は、血《ち》の涙《なみだ》。終《お》わることのない、悲《かな》しみと絶望《ぜつぼう》のしずく。

どちらも、キケンすぎる物質《ぶっしつ》だった。触《ふ》れればたちまち、こころまで闇《やみ》にそめられ、永《えい》遠《えん》にここから出《で》られなくなるだろう。

「ええい……消《き》え失《う》せろ！　こいつめっ！」

デデデ大王《だいおう》はハンマーを振《ふ》り回《まわ》したが、その間《あいだ》にも心臓《しんぞう》は脈打《みゃくう》ち、赤《あか》い涙《なみだ》と黒《くろ》いヒトリゴトをまき散《ち》らしてくる。

メタナイトが叫《さけ》んだ。

「心臓《しんぞう》を倒《たお》すのだ！　あれを消滅《しょうめつ》させせねば、きりがない！」

宝剣《ほうけん》ギャラクシアを抜《ぬ》き、高《たか》く飛《と》び上《あ》がって心臓《しんぞう》に切《き》りつける。

「それを早《はや》く言《い》え！」

デデデ大王《だいおう》もおどり上《あ》がり、心臓《しんぞう》にハンマーを叩《たた》きこんだ。

「この、この、このーっ！」

カービィもジャンプして、心臓《しんぞう》めがけて、メラーガスティックを振《ふ》り回《まわ》した。

三人《にん》の猛攻撃《もうこうげき》を受《う》けて、心臓《しんぞう》はひび割《わ》れ始《はじ》めた。

外側《そとがわ》をおおっていたカラが、ポロポロとはがれ落《お》ちていく。

「え――――い！」

カービィは、こんしんの力《ちから》で、メラーガスティックを打《う》ちつけた。

ついに、心臓《しんぞう》は動《うご》きを止《と》め、はじけ飛《と》んだ。

「よしっ！　これで、外《そと》に出《で》られる……」

デデデ大王《だいおう》が、ホッと息《いき》をついたが――。

心臓《しんぞう》が消滅《しょうめつ》した後《あと》に、また新《あら》たな物体《ぶったい》が生《しょう》じていた。

もやもやとあらわれた物《もの》を見《み》て、デデデ大王《だいおう》は、あらあらしく言《い》った。

「なんだ、なんだ、なんだ！　まだやる気《き》か！　本当《ほんとう》に、しつこいヤツだわい。心臓《しんぞう》にまで、予備《よび》があるとはな……！」

「いや、ちがう」

メタナイトが叫《さけ》んだ。

「見《み》ろ……あれは……！」

新《あら》たに出現《しゅつげん》した物体《ぶったい》は、まんまるで、さまざまな絵《え》の具《ぐ》を混《ま》ぜ合《あ》わせたような、マーブルもようをしていた。

それは、ぐるぐると回転《かいてん》しながら、カービィたちの目《め》の前《まえ》に下《お》りてきた。

マーブルもようの中《なか》に、パチッと二つの目《め》があらわれた。そして、ちょこんと小《ちい》さな口《くち》も。

「…………え…………っ!?」

たじろいで声《こえ》を上《あ》げたのは、ワドルディだった。

「これ……この顔《かお》……ま……まさか……！」

マーブルもようの球体《きゅうたい》は口《くち》を開《あ》け、むじゃきに笑《わら》いだした。

「カ……カ……カービィ……!?」

ワドルディは、球体《きゅうたい》とカービィとを見比《みくら》べ、悲鳴《ひめい》を上《あ》げた。

そう。球体《きゅうたい》の表面《ひょうめん》にあらわれた顔《かお》は、カービィにうり二《ふた》つ。

ぼうぜんとする四人《にん》の前《まえ》で、カービィそっくりの顔《かお》は、ますます楽《たの》しげに笑《わら》い転《ころ》げた。

「ち……ちがうよ……！」

カービィは、無我夢中《むがむちゅう》で叫《さけ》んだ。

「ちがうよ、ぼくじゃないよ！　ぼく、こんな色《いろ》じゃないもん。こんな、しましまもようじゃないもん……！」

「落《お》ち着《つ》け、カービィ」

メタナイトが、油断《ゆだん》なく、マーブルもようの球体《きゅうたい》をにらみつけて言《い》った。

「むろん、これは君《きみ》ではない。これこそ、エンデ・ニルの正体《しょうたい》だ」

「……え？」

デデデ大王《だいおう》が、首《くび》をかしげた。

「どういうことだ。エンデ・ニルは、オレ様《さま》たちが倒《たお》した、あのバカでかい怪物《かいぶつ》じゃないのか？」

「あれは、外側《そとがわ》をおおうカラにすぎなかったのだ。カラの中《なか》にひそんでいたコイツこそが、本当《ほんとう》のエンデ・ニルだ！」

マーブルもようの球体《きゅうたい》——真《しん》のエンデ・ニルは、またもや口《くち》を開《あ》け、笑《わら》いだした。

球体《きゅうたい》の表面《ひょうめん》に、針《はり》のような突起《とっき》があらわれた。

それは、いきなり長《なが》く伸《の》びて、カービィたちに襲《おそ》いかかった。

「ぐはぁあっ！」

デデデ大王《だいおう》は、おなかを突《つ》き刺《さ》されそうになり、のけぞってよけた。

「**あははははっ！**」

むじゃきな笑《わら》い声《ごえ》がひびく。

ワドルディが言《い》った。

「どうして……？　どうして、エンデ・ニルがカービィにそっくりなの……!?」

「あいつが、ぼくのまねをしてるだけだよ！」

カービィはメラーガスティックをにぎりしめた。

「**あはははははっ！**」

エンデ・ニルはもう一度《いちど》、ぶきみな笑《わら》い声《ごえ》を上《あ》げると、ぐるぐる回転《かいてん》し始《はじ》めた。

顔《かお》の真《ま》ん中《なか》に、ぽっかりと黒《くろ》い穴《あな》があいた――と、そこから無数《むすう》の弾《たま》が放《はな》たれた。

「伏《ふ》せろ！」

メタナイトが叫《さけ》ぶ。カービィたちは、身《み》を投《な》げ出《だ》すようにしてふせ、弾《たま》をよけた。

乱《みだ》れ飛《と》ぶ弾《たま》の一つが、天井《てんじょう》からぶら下《さ》がっている三魔官《さんまかん》の一人《ひとり》に当《あ》たった。

落《お》ちてきた三魔官《さんまかん》に、ワドルディが駆《か》けよった。

「フラン・キッスだ！　気《き》を失《うしな》ってるけど、息《いき》をしてるよ！」

カービィは、天井《てんじょう》を見上《みあ》げた。

「よぉし……あとの二人《ふたり》も助《たす》けよう！　ついでに、ハイネスも！」

「なんだと⁉」

デデデ大王《だいおう》が叫《さけ》んだ。

「なんで、あんなヤツらを助《たす》けねばならんのだ！　アイツらは、エンデ・ニルを復活《ふっかつ》させた張本人《ちょうほんにん》なんだぞ！」

「でも、このままにはしておけないよ。四人《にん》とも、ここから出《だ》してあげなくちゃ！」

「知《し》らんわい！　三魔官《さんまかん》はともかく、ハイネスめは、自分《じぶん》から望《のぞ》んでイケニエになったんだぞ！」

「でも、ほっとけないよ！」

「ううう……お人《ひと》よしにも、ほどがあるわい！」

言《い》い合《あ》っている間《あいだ》にも、エンデ・ニルは攻撃《こうげき》をくり出《だ》してくる。

大《おお》きくはね上《あ》がったかと思《おも》うと、猛《もう》スピードで暴走《ぼうそう》し始《はじ》めた。

床《ゆか》を転《ころ》がり、バウンドして天井《てんじょう》にぶち当《あ》たる。

はずみで、三魔官《さんまかん》とハイネスが次々《つぎつぎ》に落《お》ちてきた。

動《うご》きを止《と》めたエンデ・ニルは、またもやカービィと同《おな》じ顔《かお》をし、きょとんとあたりを見《み》回《まわ》した。

カービィは叫《さけ》んだ。

「こらー！　ぼくのまねをするなー！」

メラーガスティックを振《ふ》り上《あ》げ、エンデ・ニルに飛《と》びかかる。

メタナイトは宝剣《ほうけん》ギャラクシアを、デデデ大王《だいおう》はハンマーを振《ふ》り上《あ》げ、全力《ぜんりょく》でエンデ・ニルに向《む》かっていった。

エンデ・ニルはくるりと回転《かいてん》し、カービィによく似《に》た顔《かお》を消《け》した。

次《つぎ》にあらわれたのは、球体《きゅうたい》の真《ま》ん中《なか》にひらいた、大《おお》きな口《くち》。

その口《くち》の奥《おく》に、気味《きみ》の悪《わる》い、赤《あか》い目玉《めだま》がまたたいていた。

メタナイトが叫《さけ》んだ。

「ようやく、真《しん》の顔《かお》を見《み》せたな。食《く》らえ、**スピニングナイト！**」

デデデ大王《だいおう》も、負《ま》けじとハンマーを振《ふ》りかざす。

「**ジャイアントデデデスイング！**」

攻撃《こうげき》を受《う》けて、エンデ・ニルの一つ目《め》がまたたいた。

狙《ねら》いを定《さだ》めるように、ギョロリと目玉《めだま》を動《うご》かす。

次《つぎ》の瞬間《しゅんかん》、特大《とくだい》のビーム砲《ほう》が放《はな》たれた。

あらゆる物《もの》を一瞬《いっしゅん》で滅殺《めっさつ》する、おそるべき攻撃《こうげき》だ。

カービィは飛《と》び上《あ》がってビームをかわし、叫《さけ》んだ。

「えい！　**つくつくぼう！**」

炎《ほのお》をふき出《だ》すメラーガステイックで、こんしんの乱打《らんだ》を決《き》める。

エンデ・ニルは向《む》きを変《か》え、ふたたびビーム砲《ほう》を撃《う》った。

メタナイトはビーム砲《ほう》をすばやくかいくぐり、高速回転《こうそくかいてん》しながら飛《と》び上《あ》がった。

「**マッハトルネイド！**」

宝剣《ほうけん》ギャラクシアが、ふらつきながら、目《め》にもとまらぬ速《はや》さでエンデ・ニルを切《き》り裂《さ》く。

エンデ・ニルは、ふらつきながら、またもやビーム砲《ほう》を放《はな》った。

デデデ大王《だいおう》はのけぞってビームをかわし、ハンマーを振《ふ》り上《あ》げた。

「オレ様《さま》が決《き》めてやるわい！　**おにごろしデデデハンマー！**」

かんぺきなパワー、かんぺきな角度《かくど》で、攻撃《こうげき》が決《き》まった。

エンデ・ニルの目玉《めだま》が、ぐしゃりとつぶれた。

マーブルもようが、ぐにゃぐにゃとうごめき、火花《ひばな》を散《ち》らした。

カービィたちは、それぞれの武器《ぶき》を手《て》に、エンデ・ニルを見守《みまも》った。

しだいに——空間《くうかん》がふるえ、ゆがみ始《はじ》めた。

「これは……いったい……!?」

一瞬《いっしゅん》、すべての音《おと》が消《き》え、あたりは静《しず》まり返《かえ》った。

と、次《つぎ》の瞬間《しゅんかん》。

カービィたちは、すさまじい渦《うず》に巻《ま》きこまれ、宙《ちゅう》に舞《ま》い上《あ》がった。

「うわぁぁぁぁぁ！」

最初《さいしょ》に吸《す》いこまれたのとは、逆《ぎゃく》の方向《ほうこう》へ押《お》し流《なが》されてゆく。

カービィたちは、あっというまに、外《そと》に飛《と》び出《だ》していた。


カービィ、メタナイト、デデデ大王《だいおう》、ワドルディ。

それに、気《き》を失《うしな》ったままのハイネスと三魔官《さんまかん》も。

次々《つぎつぎ》に、巨神《きょしん》の体内《たいない》からはき出《だ》され、宙《ちゅう》を飛《と》んだ。

待《ま》ちかまえていたように、ティンクルスターアライズがすべりこんできて、カービィたち四人《にん》を受《う》け止《と》めた。

カービィの顔《かお》には、ふたたび、ハートのゴーグルが装着《そうちゃく》された。

一瞬《いっしゅん》だけ目《め》を回《まわ》していたカービィだが、ゴーグルがぴたりとはまると、たちまち元気《げんき》を取《と》り戻《もど》した。

「みんな、だいじょーぶ⁉」

カービィは、仲間《なかま》たちを振《ふ》り返《かえ》った。

「おう！　これしきで、へこたれるオレ様《さま》ではないわい！」

「ぼ、ぼくも……だ……だいじょうぶ……」

「みな、無事《ぶじ》のようだな」

ティンクルスターアライズは、大《おお》きく弧《こ》を描《えが》いて反転《はんてん》し、横《よこ》たわる巨神《きょしん》に向《む》き合《あ》った。

破神《はじん》エンデ・ニルだと思《おも》われていた、巨大《きょだい》な怪物《かいぶつ》。

しかし、その正体《しょうたい》は、真《しん》のエンデ・ニルをつつむカラにすぎなかった。

役割《やくわり》を終《お》えた怪物《かいぶつ》の巨体《きょたい》が、音《おと》を立《た》ててくずれ始《はじ》めた。

どこかへ吸《す》いこまれるように、巨体《きょたい》が姿《すがた》を消《け》した後《あと》に残《のこ》ったのは、あのマーブルもようのエンデ・ニル。

エンデ・ニルは高《たか》く舞《ま》い上《あ》がると、ふたたび口《くち》をひらき、赤《あか》い目玉《めだま》をのぞかせた。

デデデ大王《だいおう》が、かんしゃくを起《お》こしてどなった。

「まぁ〜〜〜だピンピンしてるのか！　このぉぉぉ！　どれだけ、しぶといんだ！」

「だいじょーぶ！」

カービィは叫《さけ》んだ。

「ここまで来《き》たら、負《ま》ける気《き》がしない！　あいつを倒《たお》して、みんなでプププランドに帰《かえ》るんだ！」

エンデ・ニルは、ぐんぐん高度《こうど》を上《あ》げていく。

ティンクルスターアライズも、その後《あと》を追《お》った。

漆黒《しっこく》の宇宙空間《うちゅうくうかん》に飛《と》び出《だ》すと、エンデ・ニルはカッと目《め》を見開《みひら》いた。

これが、正真正銘《しょうしんしょうめい》、最後《さいご》の戦《たたか》い。

エンデ・ニルは、極大《きょくだい》のビームを放《はな》った。

同時《どうじ》に、ティンクルスターアライズからも、ビームが飛《と》び出《だ》した。

最高出力《さいこうしゅつりょく》のぶつかり合《あ》いだ。

エンデ・ニルは、死《し》に物《もの》ぐるいで押《お》してくる。

カービィたちも必死《ひっし》に応戦《おうせん》するけれど、かなわない。

じわじわと、エンデ・ニルの力《ちから》が勝《まさ》り始《はじ》めた。

カービィは、声《こえ》をかぎりに叫《さけ》んだ。

「ま・だ・ま・だ――！　負《ま》けないぞ！」

デデデ大王《だいおう》も、大声《おおごえ》を上《あ》げた。

「オレ様《さま》たちの力《ちから》は……こんなものじゃない！」

ワドルディも、息《いき》を切《き》らしながら叫《さけ》んだ。

「プププランドの……平和《へいわ》と……お昼寝《ひるね》タイムは……！」

メタナイトが締《し》めくくる。

「私《わたし》たちが守《まも》る。行《い》くぞ！」

ティンクルスターアライズは、燃《も》えつきるほどの光《ひかり》を放《はな》った。

四人《にん》の思《おも》いがビームの強《つよ》さとなり、エンデ・ニルのビームを押《お》し返《かえ》す。

カービィは、全身全霊《ぜんしんぜんれい》の力《ちから》をふりしぼって、叫《さけ》んだ。

「はあああああああああああ――――!!」


ついに。

ティンクルスターアライズのビームが、エンデ・ニルを打《う》ち破《やぶ》った。

エンデ・ニルはビームを止《と》め、はじき飛《と》ばされた。

赤《あか》い目玉《めだま》が消《き》える。

マーブルもようの中《なか》に、ぼんやりと、カービィに似《に》た目《め》と口《くち》があらわれたが、そこには
もはや、表情《ひょうじょう》と呼《よ》べるものはなかった。

めちゃくちゃに転《ころ》げ回《まわ》りながら、エンデ・ニルは逃《に》げ出《だ》した。

「逃《のが》してはならん」

メタナイトが言《い》った。

「時《とき》がたてば、ヤツはまた復活《ふっかつ》してしまう。ここで、とどめを刺《さ》すのだ!」

「う……ん！」

しかし、エンデ・ニルはみるみる遠《とお》ざかっていく。

カービィたちは、今《いま》の死闘《しとう》で、力《ちから》を使《つか》い果《は》たしていた。

ティンクルスターアライズとエンデ・ニルの距離《きょり》が、どんどんはなれていく。

デデデ大王《だいおう》がうなった。

「むぅ……いかん！　このままでは、逃《に》げられてしまうぞ……！」

「だけど……もう……」

カービィはティンクルスターアライズを動《うご》かそうとしたが、まったくスピードが出《で》ない。

「力《ちから》が、入《はい》らない……逃《に》げられ……ちゃう……」

そのときだった。

ティンクルスターアライズのまわりで、いくつもの光《ひかり》がかがやき始《はじ》めた。

ワドルディが、おどろきの声《こえ》を上《あ》げた。

「あ、あれ!?　どうして、みんなが!?」

かがやきながら、ティンクルスターアライズを取《と》り囲《かこ》んでいるのは、ポップスターの仲《なか》間《ま》たちだった。

プルアンナ、ビビッティア、チリー、ポピーブラザーズJr《ジュニア》.、バーニンレオ、コックカワサキ、ナックルジョー、ボンカース……。

数《かぞ》えきれないほどの仲間《なかま》たちが、カービィたちのまわりに集結《しゅうけつ》していた。

全員《ぜんいん》が、力強《ちからづよ》い目《め》で、逃《に》げるエンデ・ニルをにらみつけている。

ティンクルスターアライズのふしぎな力《ちから》が、仲間《なかま》たちを呼《よ》びよせたのだろうか。

カービィは顔《かお》を上《あ》げた。

疲《つか》れはてていたからだに、力《ちから》がわいてくる。

みんなが、力《ちから》を分《わ》けあたえてくれる。

カービィは声《こえ》を上《あ》げ、両手《りょうて》を大《おお》きく広《ひろ》げて、ティンクルスターアライズから飛《と》び立《た》っていった。

「**はあああああああああ――――っ!**」

仲間《なかま》たちも、カービィに続《つづ》いた。

みるみるうちに、エンデ・ニルとの距離《きょり》がちぢまる。

カービィは、全力《ぜんりょく》でエンデ・ニルにぶつかっていった。

仲間《なかま》たちも、カービィに続《つづ》いて、次々《つぎつぎ》にエンデ・ニルに体当《たいあ》たりを食《く》らわせる。

ひとりひとりは、小《ちい》さな生《い》き物《もの》。力《ちから》では、もちろん、エンデ・ニルに及《およ》ぶはずもない。

けれど、一つに結《むす》ばれたこころは、無限《むげん》の力《ちから》を発揮《はっき》した。


「行《い》くぜぇぇ！」

「このやろぉぉぉ！」

「みんなで、力《ちから》を合《あ》わせて！」

「がんばるの――――！」


総攻撃《そうこうげき》を受《う》けたエンデ・ニルは、グラグラしながら反撃《はんげき》をこころみたが、むだだった。

とどまるところを知《し》らない、ポップスターの住民《じゅうみん》たちの総攻撃《そうこうげき》を受《う》けて、エンデ・ニルはついに機能《きのう》を停止《ていし》。

大爆発《だいばくはつ》を起《お》こし、暗黒《あんこく》の宇宙《うちゅう》に溶《と》けゆくように姿《すがた》を消《け》した。

エピローグ！

こうして、銀河《ぎんが》をゆるがした大事件《だいじけん》は幕《まく》を下《お》ろしたのでした。めでたしめでたし——。

と、話《はなし》を聞《き》き終《お》えたバーニンレオは、目《め》をまるくして叫《さけ》んだ。

「ほんとかよー!?　ほんとに、オレがエンデ・ニルってヤツをぶっ倒《たお》したのか!?」

「バーニンレオだけじゃないよ。ポップスターの仲間《なかま》たちが、みんな力《ちから》を貸《か》してくれたんだ……けど……」

カービィは、バーニンレオの反応《はんのう》に、おどろいてしまった。

「え～っ？　まさか、覚《おぼ》えてないの～!?」

「いや、覚《おぼ》えはあるんだ。目《め》ん玉野郎《たまやろう》に、思《おも》いっきり体当《たいあ》たりを食《く》らわせてやったのは覚《おぼ》えてるんだけど……でも、あんなの、ただの夢《ゆめ》だと思《おも》ってたぜ！」

カービィとバーニンレオは、プププランドのすずしい木《こ》かげでおしゃべりをしている。

近《ちか》くで、ポピーブラザーズＪｒ．《ジュニア》とジャハルビートがひなたぼっこをしていた。

ポピーブラザーズＪｒ．《ジュニア》が言《い》った。

「ぼくも同《おな》じだよ。宇宙《うちゅう》に飛《と》び出《だ》して、エンデ・ニルってヤツに体当《たいあ》たりした夢《ゆめ》をみた……と思《おも》ってた。ものすごく迫力《はくりょく》のある夢《ゆめ》だったよ」

「夢《ゆめ》なんかじゃないよ！　みんなで力《ちから》を合《あ》わせたから、エンデ・ニルを倒《たお》すことができたんだ」

「ウソだぁ。だって、ぼくはずっと、プププランドにいたんだよ」

ポピーブラザーズＪｒ．《ジュニア》は言《い》いはった。

「一瞬《いっしゅん》で宇宙《うちゅう》に飛《と》び出《だ》して、また一瞬《いっしゅん》で戻《もど》ってくるなんて、できっこないよ！」

「うーん……」

カービィは、考《かんが》えこんでしまった。

「……ひょっとすると、みんなのこころだけが宇宙《うちゅう》に飛《と》んでいったのかもしれないね」

そう言《い》ったのは、ジャハルビート。

「こころだけ……？」

「うん。必死《ひっし》に戦《たたか》ってるカービィたちの思《おも》いが、みんなのこころに届《とど》いたんだよ、きっと。みんなが、カービィたちを助《たす》けたい、少《すこ》しでも力《ちから》になりたいって、願《ねが》ったんだ。だから、こころを飛《と》ばして、カービィたちを助《たす》けることができたんじゃないかな」

「……なるほどな」

バーニンレオは、うなずいた。

「ま、とにかくハッピーエンドだ。オレたちの力《ちから》で銀河《ぎんが》を救《すく》ったことは、まちがいないんだな。気分《きぶん》がいいぜ！」

バーニンレオが、得意《とくい》そうにそっくり返《かえ》った時《とき》だった。

丘《おか》の小道《こみち》を、バンダナワドルディが駆《か》けてきた。

「おーい、カービィ！　みんな！」

バンダナワドルディは手《て》を振《ふ》って、楽《たの》しそうな声《こえ》を上《あ》げた。

「これからデデデ城《じょう》でパーティをするよ。みんなを集《あつ》めろって、大王様《だいおうさま》が！」

「え？　パーティ？」

「エンデ・ニルを倒《たお》して、ププランドの平和《へいわ》を守《まも》ったお祝《いわ》いだよ。コックカワサキに注《ちゅう》文《もん》して、たくさんごちそうを用意《ようい》することになったんだ。今《いま》、ワドルディ隊《たい》が会場《かいじょう》のしたくをしてる。みんな、おいでよ！」

「ほんと!?　わぁい、行《い》く行《い》く〜！」

カービィが、舌《した》なめずりをした時《とき》だった。

ふいに——。

目《め》の前《まえ》に、三つの影《かげ》が出現《しゅつげん》した。


「……え!?」


カービィは、飛《と》び上《あ》がった。

カービィばかりではない。バーニンレオも、ポピーブラザーズＪｒ．《ジュニア》も、ワドルディも、ジャハルビートも、ひっくり返《かえ》りそうなほどおどろいた。

カービィたちの前《まえ》にあらわれたのは、なんと、あの三魔官《さんまかん》だった。

「フラン・キッス！　フラン・ルージュ！　ザン……ザン……！」

バーニンレオが、身《み》がまえて叫《さけ》んだ。

雷牙《らいが》の三魔官《さんまかん》は、少《すこ》しいらだったように言《い》って、カービィをにらみつけた。

「ザン・パルルティザーヌだ」

「なっ、何《なに》をしに来《き》やがった！　おまえら、またジャハルビートをさらいに来《き》たのか!?」

ジャハルビートはふるえ上《あ》がり、後《あと》じさった。

ザン・パルルティザーヌは、そっけなく言《い》った。

「フッ、まさか。プププランドの住民《じゅうみん》などに、興味《きょうみ》はない。わたしたちは、ただ、礼《れい》を言《い》いに来《き》ただけだ」

「れ……い……？」

「一応《いちおう》、あやういところを救《すく》ってもらったからな」

フラン・キッスが言《い》いそえた。

「ワタクシたちはともかく、ハイネス様《さま》を助《たす》けていただいたことには、ジャマカッシャですわ……あ、これは、ワタクシたちの言葉《ことば》で『ありがとう』という意味《いみ》でしてよ」

「あ……あの……あの……！」

ワドルディが、逃《に》げ腰《ごし》で言《い》った。

「エンデ・ニルの体内《たいない》から飛《と》び出《だ》した後《あと》、どうなったんですか？　ぼくらは戦《たたか》ってたけど、あなたたちは……？」

フラン・ルージュが答《こた》えた。

「そのあたりのことは、よく覚《おぼ》えてないのよね。とにかく、気《き》がついたら、四人《にん》で宇宙《うちゅう》をただよってたの！」

ザン・パルルティザーヌが言《い》った。

「ハイネス様《さま》は深手《ふかで》を負《お》っておられたが、われわれの手当《てあ》てにより、快方《かいほう》に向《む》かっている。それに……」

ザン・パルルティザーヌの目《め》が、少《すこ》しだけ、やさしくなった。

「昔《むかし》のお気持《きも》ちを、少《すこ》しずつ取《と》り戻《もど》しているように思《おも》える」

「昔《むかし》の……って？」

「……いや、なんでもない」

ザン・パルルティザーヌは、また、キリッとした表情《ひょうじょう》になった。

「ともかく、おまえたちのおかげでエンデ・ニルはほろびた。ハイネス様《さま》は、もう二度《にど》とあのような力《ちから》にたよることなく、新《あら》たな道《みち》を歩《あゆ》まれることだろう。われわれ三魔官《さんまかん》は、これからもずっと、あの方《かた》をお支《ささ》えしていくぞ」

フラン・キッスとフラン・ルージュも、力強《ちからづよ》くうなずいた。

あんなひどい仕打《しう》ちをされたのに、三魔官《さんまかん》の忠誠心《ちゅうせいしん》は、少《すこ》しもゆらいでいないらしい。

「それを伝《つた》えたかっただけだ。では、これで失礼《しつれい》する」

「え？　もう行《い》っちゃうの？」

カービィが、残念《ざんねん》そうな声《こえ》を上《あ》げた。

ワドルディが言《い》った。

「これから、デデデ城《じょう》でパーティがあるんです。みなさんも、来《き》ませんか？　デデデ大王《だいおう》様《さま》は、とってもこころの広《ひろ》い方《かた》だから、きっと歓迎《かんげい》してくれますよ！」

バーニンレオが小声《こごえ》で、「あれほどせまいこころの持《も》ち主《ぬし》は、いねえと思《おも》うけどなあ」

とっこんだ。

ザン・パルルティザーヌが答《こた》えた。

「いや、やめておこう。早《はや》く帰《かえ》らないと、ハイネス様《さま》が心配《しんぱい》する。おまえたちとは、もう会《あ》うこともないだろうが、元気《げんき》でな」

「ジャマサラーバ！」

三魔官《さんまかん》たちは、すばやく、空《そら》へ舞《ま》い上《あ》がっていった。

「ジャマサラーバ、ずんぐりピンク！」

カービィは声《こえ》を張《は》り上《あ》げた。

「ずんぐりピンクじゃないよ！　ぼく、カービィだよ〜！」

しかし、答《こた》える声《こえ》はなかった。

三魔官《さんまかん》は、青《あお》い空《そら》に吸《す》いこまれるように消《き》えていった。

ジャハルビートは空《そら》を見上《みあ》げて、つぶやいた。

「お元気《げんき》で……どうぞお元気《げんき》で、三魔官様《さんまかんさま》！」

白《しろ》い雲《くも》がぷかぷかと浮《う》かび、あたたかい日差《ひざ》しが注《そそ》いでいる。